Was bedeutet es, heute als Muslimin in den USA aufzuwachsen? Wie finden junge Menschen neue Rollenvorbilder? Fatimah Asghar, preisgekrönt, erkundet in einem unverwechselbaren poetischen Ton die liebevolle Beziehung dreier muslimischer Schwestern. Nach dem Tod ihrer Eltern versuchen die Mädchen, sich gegenseitig Liebe und Halt zu geben. Sie suchen nach den eigenen Wurzeln, erforschen ihre weibliche muslimische Identität und wagen neue Wege abseits vom traditionellen Frauenbild. Als wir Schwestern waren ist ein Roman voll rauer Schönheit und wirft einen unerschrockenen Blick auf Herkunft, Identität, Trauer und die Kraft der Zuversicht.

FATIMAH ASGHARs künstlerische Arbeiten umfassen Drehbücher, Filme, Lyrik und Romane. 2017 stand Asghar auf der Forbes-Liste »Thirty under thirty«. Asghar setzt sich mit Themen wie gender, race, Erbe der Kolonialisierung und Religion auseinander und hat eine Anthologie mit dem Fokus auf muslimische LGBTQI+-Menschen mitherausgegeben. Asghars Debütroman Als wir Schwestern waren erschien im Oktober 2022, erhielt großes Presselob, stand auf der Longlist des National Book Award und wurde mit dem zum ersten Mal vergebenen Carol-Shields-Preis ausgezeichnet, der für herausragende Werke von weiblichen und nonbinären Autor*innen in den USA und Kanada vergeben wird.

Fatimah Asghar

Als wir Schwestern waren

Roman

Aus dem amerikanischen Englisch
von Yvonne Eglinger

btb

für meine eltern

für ru & keke

& für mich selbst

1995

In einer Stadt stirbt ein Mann, und alle Tanten, die das Viertel beTanten, greifen zum Telefon. Ihre braunen Finger umfassen Porzellan, die Neuigkeit verbreitet sich rasch und sorglos wie ein Schnupfen. Drring! [   ] ist tot. Drring! Inna lillahi ua inna ilayhi radschiun. Drring! Welch eine Not. Drring! Nur ein paar Jahre nach seiner Frau. Drring! Und seine Töchter? Drring! Drei Stück, ja. Drring! Wohlauf. Drring! Ya Allah. Drring! [   ] ist tot.

Ein Mann stirbt in einer Stadt, in der er nicht geboren wurde. Ermordet. Auf offener Straße. (Inna lillahi ua inna ilayhi radschiun.) Ein Mann stirbt in einer Stadt, in der er nur wenige Jahre gelebt hat. (Wie einsam.) Ein Mann stirbt in einer Stadt, in der seine Kinder geboren wurden, die aber niemals die ihre sein wird, in einem Land, das niemals das ihre sein wird, auf Boden, der niemals der ihre sein wird. (Ya Allah.) Ein Vater stirbt, und die Stadt und seine Kinder leben weiter, Lichter funkeln von einem Wohnblock zum nächsten. Ringsum in der Stadt fließt der Atem mühelos. Rings um den Mann versiegt der Atem, endet. Der Himmel, der alles sieht, blickt auf ihn nieder. Und der volle Mond umfängt mit seinem milchigen Kleid den Leichnam, gebettet auf Straßenbeton.

———

In einer Stadt stirbt ein Mann. In einem Vorort in einem anderen Bundesstaat feiert der Schwager des Mannes, indem er dem Haus seiner Familie einen Anbau hinzufügt. Eine neue Veranda wächst in den Garten. Der Schwager des Mannes renoviert das Untergeschoss: reißt alten, modrigen Teppichboden heraus und verlegt marokkanische Marmorfliesen. Der Schwager brütet darüber im Baumarkt, vergleicht Preise, denkt, wie glücklich seine Frau sein wird, seine weiße Frau, die er geheiratet hat, gleich als er nach Amerika kam. *Eine Gorra?*, fragte seine Mutter, und die braunen Frauen seiner Familie sahen einander an, irritiert. *Dank mir hat sie zum Islam gefunden!*, erklärte er aufgebracht und verstand nicht, warum die anderen nicht einsahen, dass ihm das Extrapunkte im Himmel einbringen würde; seine Liebe, stark genug, dass jemand konvertierte. *Du bist nach Amerika gegangen und hast dich von uns entliebt,* seufzte seine Mutter auf ihre theatralische Art.

Doch braune Frauen gab es im Überfluss. Er wusste, dass er sie haben konnte. Weiße Frauen fanden jede Kleinigkeit, die er tat, aufregend. Und er öffnete sich. Das Lota im Badezimmer, ein Rätsel. Einfaches Frucht-Chaat, das Pikanteste, was sie je gegessen hatten. Wie interessant er sein konnte. *Eine Gorra?*, fragten auch seine Cousinen in Pakistan ungläubig, und einige flüsterten *Maschallah*, während andere sich von ihm abwandten. Ja, eine Gorra. Seine Gorra, ihre schmale Nase, die alle Gesichtszüge zu sich hinzog, die Stimme schnell wie der Blitz. Kurz nach ihrer Heirat nahm sie ihn mit zu all ihren amerikanischen Freunden. Er: so exotisch und lustig. Sie bekamen zwei Söhne; braun, aber hell. Für eine Weile war es gut. Vielleicht auch nie richtig gut, aber erträglich. Doch als die Stille einkehrte, blieb sie. In seinen Knochen verwurzelt. Die Kälte zwischen ihnen ließ ihm bei jedem Atemzug die Brust rasseln. Seine Söhne sieht er jetzt an den Wochenenden, er hat eine eigene Wohnung. Ihre amerikanischen Freunde und deren Selbstsucht – pflanzen ihr lauter Gedanken an Scheidung ins Hirn.

Ich verstoße dich. Ich verstoße dich. Ich –

All die Dinge, die er getan hat, damit sie es kein drittes Mal sagt. Verstoßen. Geschieden. Ya Allah, was würden die Leute denken. Geschieden. Er kann sich nicht einmal durchringen, es ein drittes Mal zu denken. So amerikanisch, dass er Ausschlag davon bekommt, so amerikanisch, dass er den Kopf senkt, wenn er im Masdschid an den Pakistanern vorbeigeht, die über seine gescheiterten Geschäftsideen tuscheln: die Dachdeckerfirma, die er gründen wollte, den Gärtnereibetrieb, den haramen Getränkemarkt. Sein Scheitern: ein Ruf, der ihm hartnäckig anhängt. Der seiner Frau anhängt. Der seinen Söhnen anhängt. Sogar, wenn er mit der großartigen Familie prahlte, aus der er stammt. Wie angesehen sie in Pakistan sind. Ihr Name, ihre Ehre, was sie geleistet haben. Die Leute waren höflich, hörten zu und nickten. Dann wurden sie es leid. Sie schauten weg. Wenn er doch nur mehr Geld verdienen könnte. Vielleicht könnte er seine Söhne dann öfter sehen. Vielleicht könnte er *sie* öfter sehen. Vielleicht würde sie neben ihm hergehen, wenn er den Masdschid betrat.

Als seine kleine Schwester noch lebte, als sie noch Kinder waren, sah sie ihn an, als könnte er nichts falsch machen. Die Augen groß und voller Staunen. *Bhai.* Niemand sonst hatte ihn je so angesehen. Sie wurde erwachsen und heiratete, bekam Kinder, führte ihr eigenes Leben. Und dann hörte sie auf, ihn so anzusehen. Als sie starb, vergrub er den Schmerz tief in seiner Brust. Versuchte, seine Söhne dazu zu bringen, ihn zu lieben, während ihre Mom ihn hinter seinem Rücken einen nutzlosen Drecksack nannte.

———

Erst als der Mann seiner Schwester stirbt, fängt es in ihm zu brodeln an. Ihm geht auf, wie sehr dieser Blick aus ihrer Kindheit ihm gefehlt hat und dass sie als Einzige je daran geglaubt hatte, er könne irgendetwas zustande bringen. Wie sehr er es vermisst hat, dass jemand das von ihm glaubt. Wie er es, durch ihre Augen, ebenfalls glauben konnte.

Es ist eine traurige Sache, seine Nichten, die ein paar Staaten entfernt zu Waisen geworden sind. Traurig, dass sie Mädchen sind. Traurig, dass kein Junge darunter ist. Eine traurige Sache, für die seine Frau kaum ein *Inna lillahi* über die Lippen bringt. Eine traurige Sache, an die sie nicht denkt, während sie ihren zwei Söhnen die Haare kämmt, sie für die Schule fertig macht. Traurig, das Geld ihres toten Vaters, an dem sich jetzt einfach alle bedienen können; das Versprechen staatlicher Schecks, das mit dem Waisenstatus einhergeht, bis die Mädchen achtzehn werden: 161 Schecks, die man für die Jüngste kriegen könnte, 139 für die Mittlere, 120 für die Älteste – insgesamt 420 Schecks, wenn sie überleben.

Ich will sie hier bei mir nicht haben, sagt seine Frau, die träge auf dem Sofa liegt. Einer ihrer Söhne ist oben mit einem Malbuch, der andere bei ihr vor dem Fernseher, gebannt von einer Sendung, in der ein schlecht gezeichneter weißer Junge mit großer Nase, drei Haarsträhnen und einem zu großen grünen Pullunder angeblich elf Jahre alt ist. Ihre zwei Söhne gehen auf die Privatschule. Ihr perfekt gepflegter Rasen. Die für die ganze Woche vorbereiteten, eingetupperten Mahlzeiten für sie alle, gestapelt in ihrem Kühlschrank. Alles so ordentlich. Akkurat und getrennt – ein Segen. Ihr Versager-Ehemann ist in seiner eigenen Wohnung, weit weg von ihnen, außer an den Wochenenden.

Als sie ihn am College kennenlernte, sprühte er nur so vor Potenzial. All ihre Freunde meinten, er würde einmal viel Geld verdienen. Ein Unternehmen gründen. Sie liebte seine Geschichten; von Orten, an denen sie nie gewesen war. Wie nah seine Haut allen Dingen zu sein schien, als wäre er Teil der Welt und nicht außerhalb von ihr. Sein tiefes, dröhnendes Lachen, voller Glühwürmchen.

Klar, es war ein Risiko, einen braunen Mann zu heiraten. Aber es machte sie ausgefallen, was sie bis dahin nie gewesen war. Immer fühlte sie sich so außerhalb aller Dinge. Als könnte sie nicht einmal das Gras unter den Füßen spüren. Und dann kam er, so begierig. Ihre Adern öffneten sich. Sie fühlte mehr, fühlte die Sonne auf ihren Armen. Seine Finger, die mit der Erde verschmolzen. Ein Risiko. Selbst als sie vor dem Imam stand und das *Es gibt keinen Gott außer Allah* aufsagte, als würde sie sich selbst von außen betrachten; und ihr Blick schweifte zu den verschiedenen Gesichtern der Männer in der Moschee, während sie sich fragte, wie ihr Leben verlaufen wäre, hätte sie einen von ihnen zuerst kennengelernt. Hier bewunderten sie die Leute. Sie hießen sie willkommen, vergötterten sie sogar. Je deutlicher sie spürte, wie einfach es war, bewundert zu werden, desto mehr störte sie die Bedürftigkeit ihres Mannes. Desto mehr Platz verlangte sie. Abgetrennt, sauber und klar, mit einem Zaun um sich herum. Und dann starb seine Mutter. Und seine Schwester auch. Der Tod, wie kalt er ihn machte. Sie konnte diese Kälte nie ganz verstehen, ihre eigenen Eltern waren beide noch am Leben, aber so abgetrennt von ihr. Allmählich wurde er das auch: abgetrennt. Nicht länger der Mann, der Teil der Welt war, der Mann, in den sie sich verliebt, den sie beneidet hatte. Er zäunte sich ein, stellte die Wände seiner Wohnung mit Kartons voll, als würde er sich gegen die Zerstörung abpuffern. Damit niemand an ihn herankam. Doch das hätte ihr kaum egaler sein können, denn sie liebte es, wie fremd sie sich in der neuen Gemeinschaft fühlte, wie exotisch. Ihre Eltern: völlig entgeistert von ihrer Entscheidung. Aber von ihnen hatte sie fortgewollt, seit sie aufs College gegangen war. Hatte sich selbst das Versprechen gegeben, niemals zurückzukehren. Und hier war sie nun, in ihrem eigenen Haus, mit ihren eigenen Kindern. Ihr makelloses, kleines Leben. Das sie sich unter großen Mühen aufgebaut hatte. Und die drei Waisen drohten, es zu beschmutzen.

Es wird sein, als hätte es sie nie gegeben, sagt der Onkel, verschwitzt, als würde *sein* Körper die Marmorfliesen verlegen, als hätte er selbst einen Finger gerührt.

arzoo

Ich wollte sie sein: Ihr glattes Haar umrahmte das schmale Gesicht, die hohen Wangenknochen und die feine Nase, die dunkelbraune Haut, ihre langen Wimpern, die zum Himmel emporriefen. Oft blieb ich wach, nur um ihr Gesicht ganz kurz vor dem Einschlafen zu sehen, das Mondlicht auf ihren Wangen. Und wenn ich lieb war, wenn ich auf genau die richtige Art lächelte, durfte ich neben ihr schlafen. *Meine kleine Heizung*, nannte sie mich, und das war ich: klein, eine Heizung, zu ihr hin eingerollt wie eine Katze, die berührt werden will.

Gott des Spielplatzes. Gott der Wimpern. Gott der Wangenknochen. Und wie jeder gute Gott es verdient, folgte ich ihr, schwankend, rief ihren Namen hinter ihr her. *Noreen, Noreen, Noreen*. Und anders als die meisten Götter antwortete sie. Sie zog mich zu sich, balancierte mich auf ihren Fußsohlen in der Luft, die sich in meinen Bauch drückten, und unsere Fingerspitzen berührten sich, während ich schwebte.

Sie bat um ein Stockbett an dem Tag, als unser Vater für immer verschwand, als sie uns alle Weiß tragen ließen und alle Tanten weinend zu uns nach Hause kamen. Ich liebte es zu weinen. Das konnte ich am besten. *Heulsuse, Heulsuse*, sagten Noreen und Aisha oft zu mir, und ich weinte noch mehr. *Ich bin keine Heulsuse*, schrie ich, meine Augen brannten, aber ich wusste, dass ich eine war, und ich hasste mich dafür. Doch nun war es okay, zu weinen. Ich weinte, begeistert von diesem Weinen, und die Erwachsenen, die mich sahen, weinten umso mehr, und so weinte auch ich umso mehr, weil ich wusste, dass ich gut darin war und niemand mich im Weinen schlagen, mich über-weinen konnte.

––––––––

Euer Vater ist von uns gegangen.

Das Haus füllte sich mit den Frauen aus der Nachbarschaft, den Frauen, die wir Tanten nennen: die eine mit dem runden Gesicht und der schmalen Nase mit glitzerndem Goldring, den weich in die Wangen gegrabenen Grübchen. Eine andere Tante, die stets nach Badaam und Zimt roch. Dann die Tante mit den Spinnenhänden, pergamentene, knistrige Haut. Und die letzte Tante, mit gelben Zähnen und Haaren auf den Zehen, die immer Karamellbonbons in ihrer Tasche hatte. Mein Vater, verwandtschaftslos in Amerika, abgesehen von uns Mädchen. Doch bewandtschaftet von den Tanten, die den Telefonhörer abhoben und das Tantennetzwerk aktivierten.

Heute drängen sie sich in unserem Wohnzimmer, als wäre es das Untergeschoss des Masdschid; die Tanten halten ihre Tasbihs in den Händen, befingern jede Perle, wiegen sich vor und zurück.

Euer Vater ist von uns gegangen. Was können wir tun? Die Tanten schlagen sich mit den Händen an die Brust.

Ihr Wehklagen verteilt sich durchs ganze Haus, schäumt an die Fenster, füllt den Ofen, färbt die Wände. Ihr Wehklagen ist überall, verwandelt unser Haus in ein Haus der Trauer.

Ein Stockbett, verlangte Noreen, mit trockenen Augen, so stand sie vor mir und Aisha. Die Arme hatte sie vor der Brust verschränkt; Tyrannin des Spielplatzes. *Ihr könnt uns ein Stockbett besorgen.* Hinter ihr gaben Aisha und ich uns alle Mühe, hart und entschlossen auszusehen. Wölbten die Brust vor. *Ja, ein Stockbett*, echote Aisha, während ich zustimmend nickte.

Ein Stockbett im Tausch für einen Vater.

Wir Dummköpfe. Er war unser Vater. Wir hätten mehr verlangen sollen.

Wenn Erwachsene mit mir reden:

[   ] tut mir so leid. Du hast einen [   ] verloren, aber [   ] gewonnen.

Eines Abends, als er von der Arbeit nach Hause kam, wurde euer Vater von [   ] angehalten, der [   ] hatte.

Euer Vater wurde [   ]. Euer Vater war [   ] [   ].

Es war [   ]. Es war [   ]. Es war [   ].

Immerhin ist er jetzt an einem [   ]. Immerhin hat er keine [   ] mehr. Endlich hat er [   ] gefunden.

Wir gehören Gott, und zu Ihm kehren wir heim.

Was die Erwachsenen meinen:

[Dein Verlust] [Vater] [eine Leere]

[eine Waffe] [einem Mann]

[ermordet] [zur falschen Zeit] [am falschen Ort].

[ein Fehler] [tragisch] [ein Unfall] [Mord].

[Frieden] [besseren Ort] [Schmerzen]

[Wir gehören Gott] [zu Ihm kehren wir heim].

Waisen, sagen die Tanten, und wir werden zu etwas Neuem.

Nicht mehr Tochter, nicht mehr Kind meines Vaters, sondern eine Waise. Auch unsere Mom ist tot, gestorben, bevor ich sprechen konnte. Niemand redet über sie. Oder darüber, wie sie gestorben ist. Unser Dad, das einzige Elternteil, das wir kannten. Nun: verwaist. Jede Tante berührt meinen Kopf, um ihr Sawab zu erhalten.

Mein Kopf, nun ein Heim für Handflächen.

Die ungewaschenen Finger aller Tanten durchkämmen mein Haar. Einige umfassen meine Stirn, graben ihre Nägel in meine Haut, als würden sie noch was dazubekommen, wenn sie mir den Schädel aufbrechen. Das Klagen im Zimmer so laut, dass es Allah anrührt. Das Klagen ist ein Verweis aufs *Dschanna*, auf dass ihre Worte erhört werden. Hier gibt es Waisen! Waisen, um die man sich kümmern muss! Kleide sie, nähre sie, sei gütig zu ihnen. Sie deuten auf den Koran. Kleide sie! Ich blicke hinab auf das rosa Kleid, das ich seit drei Tagen anhabe, bauschig wie das einer Prinzessin. Nähre sie! Meine Finger klebrig von Eis am Stiel. Sei gütig zu ihnen! Die Hände umklammern meine Stirn. Das Neue, das ich bin, greift auf all meine anderen Namen über.

Noreen war Chefin des Spielplatzes. Hände auf den Hüften, ein Bein ausgestellt, so forderte sie jeden heraus, es mit ihr aufzunehmen. Eine Kraftkugel, eine kleine Sonne, so hell, dass man sie kaum direkt ansehen konnte. Wildes Haar, das aus schiefen Zöpfen hervorstand, weil unser Dad alles für uns war: unser Friseur, unser Koch, unser Grund, am Abend nach Hause zu laufen. Und niemand schien ihm je beigebracht zu haben, wie man Haare bürstet. Jeden Morgen saßen wir vor ihm mit unseren Filznestern – Zweige ragten daraus hervor, Blätter, dünne Strähnen aus Dal und Atta. Er versuchte, sie durchzukämmen, und manchmal zerbrach das Plastik an einem Knoten, und dann band er jedes einzelne glitzernde Haargummi hinein, das er finden konnte. Danach gingen wir allein in den Park, und er sauste davon zur Arbeit und rief aus seinem Auto: *Noreen, du trägst die Verantwortung! Bleibt drinnen! Bleibt bei Noreen!* Und das taten wir, ich und Aisha, trotteten hinter Noreen her, die, obwohl wir eigentlich drinnen sein sollten, die Straße hinabstapfte, durch unser Viertel stolzierte, und die anderen Kinder starrten uns von ihren Fenstern aus an, neidisch, dass wir allein umherzogen, dass Noreen uns mit in den Park nahm und kein Erwachsener uns sagte, was wir zu tun und zu lassen hatten. Und jeden Tag, wenn er nach Hause kam, taten wir, als wären wir niemals weg gewesen, und dann strahlte er, *meine kleine Noreen, mein kleines Geschenk.* Mein Vater, seine ganze Brust schien aus glitzernden Haargummis zu bestehen, die allesamt die Sonne spiegelten.

Nach seinem Tod wird die Leiche von Pennsylvania nach Lahore verschifft, um neben seinen Eltern begraben zu werden, in dem Land, wo viele Generationen seiner Familie gelebt haben. In der Rechnung, was als Familie gilt, kommen meine Schwestern und ich nicht vor. Als sie seinen Sarg schließen, wird uns eine Videokassette zugeschickt, die nun in Dauerschleife auf unserem Fernseher läuft. Ein Film vom aufgedunsenen Gesicht unseres toten Vaters, mit geschlossenen Augen, der in Erde gelegt wird, die wir nicht berühren können. Ein Ort, von dem er stammt, und so auch wir, über den wir aber nichts wissen. Auf der Kassette, in dem Film, der jetzt Tag und Nacht läuft, versammeln sich seine Familienmitglieder rings um ihn. Wir drängen uns um den Fernseher und pressen unsere schmutzigen Hände gegen den Bildschirm.

Als die Tanten uns eine Fernsehpause verordnen, gehen wir nach draußen, noch immer in unseren weißen Kurtas.

Ich schnappe mir eine Handvoll Dreck und werfe sie nach Aisha.
Jetzt bist du tot.

Die Erde grell, ein Fleck auf etwas, das eigentlich sauber sein sollte.

Sie klaubt Erde auf und wirft sie nach mir.

Du auch.

Und so veranstalten wir unsere eigenen Beerdigungen, begraben einander lebendig, bis eine Tante uns entdeckt und ausschimpft.

Die Tante zieht mich beiseite, reicht mir einen Plastikteller mit einem leuchtend orangefarbenen Jalebi darauf. *Dein Vater ist von uns gegangen.* Ich schaue auf den Teller, die weichen, knusprigen Ränder des Gebäcks. *Verstehst du? Er ist tot. Er kommt nicht zurück.*

Auf der anderen Seite des Zimmers sitzt ein Ich am Fenster und wartet auf das Auto unseres Vaters. Dieses Ich hat mein Gesicht, eine lange Nase und große Augen, das Haar, genau wie meines, zum Zopf gebunden. Niemand scheint es zu bemerken, dieses andere Ich, das ruhig am Fenster sitzt, den Blick auf die Straße richtet. Stattdessen mustert die Tante nur mich. Ihre kratzige Hand auf meinem Rücken, blaue Adern, die spinnenhaft ihre Finger hinablaufen, sie versucht mich zu trösten.

Doch die andere bemerkt niemand, dieses Mädchen, das so aussieht wie ich, auf der gegenüberliegenden Seite des Zimmers. Sie klopft ans Fenster, das Fett auf ihrer Haut macht das Glas fleckig.

Baba kommt zurück, sagt mein anderes Ich und drückt die Stirn ans Glas. *Jemand hat ihn uns weggenommen*, sagt sie, und in mir züngelt eine kleine Flamme auf, Wut, die ich nicht erklären kann. Die Tante hört nichts, nimmt mir nur den Teller vom Schoß.

Wenn ihr rausgeht, bewirf deine Schwestern nicht wieder mit Dreck, sagt die Tante. Ich nicke. Als ich das Wohnzimmer verlasse, sieht mein anderes Ich mich erneut an.

Willst du nicht auf ihn warten?, fragt sie.

Mein Dad schläft mitten in der Nacht am Küchentisch ein, erschöpft von der Arbeit. Die langen Arme quer über der Tischplatte, sein Kopf sanft auf das harte Holz gesackt wie auf ein Kissen. Wegen uns ist er zurückgekommen. Wenn er so schläft, sieht er ganz jung aus: kein Mann, der zu drei Kindern und einer toten Ehefrau gehört, einfach ein Mann, der lebt, ein Mann, der sich selbst gehört.

Baba. Baba,

rufen wir. Aisha schiebt ihre Hand in seine, ich schmiege mich am Boden an seine Füße, und Noreen setzt sich ihm gegenüber. Wir können den Gedanken nicht ertragen, dass er jemand anderem als uns gehört, auch wenn dieser andere bloß er selbst ist. Seine Lider flattern, er öffnet die Augen, die Fältchen um seine Lippen steigen nach oben.

Baba! Lies uns was vor!

Seine Wirbelsäule zieht sich in die Länge, er stützt die Arme auf, zieht Aisha schwungvoll auf seinen Schoß. Strahlend. Voller Leben. Das Lächeln fließt über sein ganzes Gesicht, so rasch, dass niemand darauf käme, dass er eben noch geschlafen hat.

Acha, acha. Kaunsi kahani?

Als alle denken, dass wir im Bett sind, drängen sich die Tanten im Zimmer zusammen und trauern laut. All ihre Sorgen türmen sich zwischen ihnen auf dem Wohnzimmertisch.

Die Mädchen, jetzt so ganz allein –
Wer nimmt sie zu sich?
Eine schreckliche Sache, gerade bei Schwestern.
Wenn es einen Jungen gäbe, wenn eine von ihnen ein Sohn wäre, vielleicht –
Mädchen will keiner haben –
Es gibt Familien mit Söhnen in Pakistan, die würden sie nehmen, bis sie heiratsfähig sind –
Was ist mit ihrem Onkel –
Der hat schon zwei Söhne.
Ja, aber bei ihm könnten wir es versuchen –

Oben, in dem Schlafzimmer, das wir bald verlassen werden, in dem Haus, in das wir nie wieder einen Fuß setzen werden, hocken wir drei auf dem Boden und sehen einander an. Wir sind ein Problem, über das alle sprechen. Wir halten eine Versammlung ab, und Noreen trägt die Verantwortung. Wenn wir Versammlungen machen, müssen wir meist etwas entscheiden – uns überlegen, wie wir darum bitten sollen, ins Spielzeuggeschäft zu gehen, beraten, ob wir uns mit den Kindern von gegenüber anfreunden sollen, ob wir den ganzen Weg bis zum Park an der Walnut Street laufen wollen. Wir drei, eine Bande Abenteurerinnen – wir machen unsere eigenen Regeln, entscheiden selbst, wie es weitergeht.

––––––––

Mädchen. Die denken, wir sind Mädchen,

zischt Aisha, und das Wort wird zur Beleidigung. Schwach. Nichtsnutzig. Ungewollt. Ich will von diesem Wort so weit entfernt sein wie möglich. Schwestern. Ich blicke zu meinen auf, und das Wort schwebt über uns: eine Wasserbombe, die jeden Moment platzen kann. Aisha, so ein weicher, runder Name, kaum ein Konsonant. Noreen, ein abrupter Schluss. Und mein Name, Kausar, so hart, dass er mit einem Knacken beginnt. Ich betrachte unsere aufgeschürften Schienbeine, unsere zerschrammten Arme, unsere bis aufs Nagelbett abgekauten Fingernägel, die kratzigen Kleider, die wir tragen müssen. Schwestern. Allein. Mädchen.

Wir sind keine Schwestern, verwirft Noreen, unsere Anführerin, die Idee.

Wir könnten Brüder sein, schlägt Aisha vor, und der Gedanke nimmt in unserer Mitte Platz.

Brüder: ein warmes Wort, sogar einladend, näher an dem, was wir sind, als wie sie unten über uns reden.

Brüder. Draußen bebrüdern die Sterne den Mond. Der Mond, unsere Chaand, hängt genau vor dem Fenster, so nah, als müsste ich nur die Hand ausstrecken, um ihn zu berühren. Alle Bäume lassen ihre Zweige zum Mond hängen. Aisha sieht mich hinausstarren und steht auf, geht rüber zur Fensterbank, beendet unsere Fußbodenversammlung. Sie nimmt eine kleine Figur in die Hand, die ich vor Tagen dorthin gestellt habe, ein Polly-Pocket-Püppchen, das mir mein Vater gekauft hat, weil ich im Laden nicht aufgehört habe zu heulen. Er schenkte uns gern Dinge, die wir sehr mochten: Schokoriegel, McDonald's-Spielzeug, ein hübsches Blatt, das er auf einem Spaziergang gefunden hatte. Die Polly Pocket: rosa und mädchenhaft, zu sehr Schwester, als dass sie wie wir sein könnte.

Jemand hat ihn umgebracht, sagt Aisha, und ihre Finger schließen sich fest um die Polly Pocket. Als wollte sie ihr wehtun. Als wollte sie sie umbringen. Doch die Figur ist aus Plastik, Aishas Finger sind zu schwach. Sie blickt auf und wirft sie hoch Richtung Mond.

Hey!

Ich schreie, klettere auf die Fensterbank. Aisha lacht, zugleich mein Bruder und meine Schwester, ihre Augen fordern mich heraus, etwas zu unternehmen. Ich blicke suchend in die Dunkelheit, kann aber nichts erkennen. Vielleicht hat sie nun der Mond.

Heulst du jetzt?

Sie feixt, voller Gefahr. Meine Augen füllen sich mit Tränen, werden große Teiche, eine Träne droht bereits zu fallen, als ich den Kopf schüttle. Das *Nein*, das meinem Mund entweicht, ist kaum zu hören, steigt kaum aus meiner Brust empor.

Mach was,

fordert Aisha. Sie steht auf, lauert über mir, ein schwaches, zorniges Flackern in den Augen. Ich hocke da, versuche, mich groß zu machen, aber ich führe niemanden hinters Licht – ich bin in keiner Welt eine Bedrohung.

Lass sie in Ruhe,

sagt Noreen leise, aber dennoch befehlend. Wir schauen zu ihr rüber und sehen sie auf dem Boden liegen, das Gesicht abge-wandt, der Atem drückt gegen ihre Brust, die sich hebt und senkt, ein sanftes Wimmern begleitet jeden Atemzug.

Nach einer Woche des Klagens kommt Onkel ███████ ins Haus, der einzige Bruder unserer Mutter.

Bhai, danke, dass du gekommen bist, sagt eine Tante, erleichtert, und steht zur Begrüßung auf.

Er ist klein, das Gesicht rundlich, sein hellbraunes Haar ist schon licht, fast schütter. Aus dem großen Bart kräuseln sich graue Strähnen, und bei seinen schweren Schritten hält man inne. Helle Haut, um sehr viele Nuancen heller als mein Vater, leichte Sonnenflecken über Wangen und Nasenrücken. Er hält einen Plüschflamingo in der Hand, pink mit langen Beinen. Als er eintritt, stehe ich neben dem Sofa, auf mich fällt sein Blick zuerst.

Willst du ihn haben? – seine Stimme ein feiner Singsang. Ich nicke, und er gibt ihn mir.

Ich bin euer Onkel ██████. Erinnert ihr euch an mich? Ich schaue zu den anderen und bemerke, wie Noreen ihn anstarrt, mit verschränkten Armen und fuchsig, dass sie nicht als Erste gefragt wurde, denn sie ist die Älteste und trägt daher die Verantwortung für uns alle. Statt sie direkt anzusehen, spiele ich mit den schlaffen Flamingobeinen. Aisha geht auf ihn zu, und er zaubert einen Lolli aus der Luft und schenkt ihn ihr.

———

Du siehst genauso aus wie deine Mutter, sagt er zu ihr – Aishas rundes Gesicht, Grübchen in den Wangen. Doch ihre Augen bleiben hart, kein Staunen darin. Sie weiß, dass sie den Lolli verdient hat. Er ist ein Schmeichler, ein Glitzern schmunzelt in seinem Blick. Sein Lachen dröhnt, das erste Lachen, das wir hören, seit unser Haus zum Haus der Trauer wurde. Es hebt mich auf die Zehenspitzen.

Lass das,

sagt Noreen, steht plötzlich hinter mir, die Stimme messerscharf. Ich lasse meine Fersen wieder auf den Boden sinken, Blick nach unten. Seine Augen richten sich auf Noreen, und sie starrt zurück, aufsässig.

Ich habe so viel Platz in meinem Haus. Und ich wohne sogar in einem Zoo. Die ganzen Tiere habe ich nur für euch angeschafft. Ich brauche jemanden, der mir dabei hilft. Wäre das nicht schön?

Jemand, der uns haben will. Jemand, der nur wegen uns hierhergekommen ist.

Ein Zoo, Noreen, flüstere ich, zwicke Noreen in die Hand. Wir haben keine Zeit für eine Versammlung. Jetzt oder nie.

Bitte, murmele ich schmeichelnd und zupfe sie am Arm.

Bitte bitte bitte, er will uns!, flehe ich noch einmal.

Noreen sieht mich stirnrunzelnd an. Unsicher.

Wir brauchen eine Versammlung, flüstert sie zurück. Erneut füllen sich meine Augen mit Tränen, drohend.

———

Nein, Noreen. Bitte, bettele ich.

Auf der anderen Seite des Zimmers hebt Aisha, vom Geflüster ausgeschlossen, die Brauen.

Lass mich nur dieses eine Mal entscheiden, keine Versammlung. Ich schließe die Augen und denke an all die Kühe, Schafe und Löwen, an all den Platz zum Herumtollen.

Okay. Das wäre schön, antwortet Noreen, ihre leise Stimme wiederholt seine Worte.

Eine Stimme, die beim *Okay* nachgibt, kehrt mit dem *Das wäre schön* zurück, als wollte sie sich selbst überzeugen. Wäre es das? Ja. Das wäre es. Ich schaue hinab auf mein neues Plüschtier. Ein Zoo. Vielleicht gibt es in Zoos auch Flamingos. Ich schaue hoch und sehe Aisha, der Lolli hängt ihr aus dem Mund, betrogen.

Wer hat das entschieden?, fragt Aisha an diesem Abend, während wir Klamotten in die Koffer werfen, die er mitgebracht hat, und ab und an schwebt eine Tante durchs Zimmer, um unser Packen zu beaufsichtigen. Ich knülle meine Kleider zu einer Kugel zusammen und werfe sie in den Koffer, stolz aufs Zusammenfalten. Dieses Zimmer brauchen wir nicht mehr. Wir verlassen das Haus der Trauer. Wir werden einen ganzen Zoo haben.

Ihre Frage trieft vor Hass. Trieft vor Schmerz. Ich gehe zur Kommode in unserem Zimmer und betrachte die Plastikfigürchen auf dem Holz. Ein Tiger mit verblassten schwarzen Streifen, eine Giraffe und ein Elefant mit langen Stoßzähnen, die sich aufwärts biegen. Ein ganzer Zoo, der auf uns wartet, und Aisha redet von gemeinsamen Entscheidungen.

Ich mag ihn nicht, sagt sie eindringlich.

Er hat dir einen Lolli geschenkt. Was gibt's da nicht zu mögen?, schnaubt Noreen und verdreht die Augen.

Ich stopfe den Flamingo in den Koffer, hole ihn dann aber wieder hervor und beschließe, ihn auf der Autofahrt im Arm zu behalten. Noreen lächelt mich an. Und keine von uns antwortet auf Aishas Frage, das Geheimnis bleibt unseres.

Wir bleiben [ ] Tage im Haus der Trauer. Wir essen [ ] und [ ] und [ ]. Es ist [ ] Tage her, dass ich meinen Dad gesehen habe. [ ] Wochen. Ich wache an unterschiedlichen Orten auf. Ich steige ins Auto, wenn man mich dazu auffordert. Onkel ███████ nimmt uns mit zu ein paar seiner Verwandten in verschiedenen Bundesstaaten, zu einem Cousin [ ], einer weiteren Tante [ ] und ihrer Tochter [ ]. Im Nebenzimmer höre ich sie sagen, dass sie den [ ] gefunden haben, der unseren [ ] getötet hat. Sie haben ihn in eine [ ] gesteckt. Er heißt [ ]. Er brauchte Geld für [ ]. Wie tragisch. Wir fahren zu einem weiteren Haus, einem Onkel [ ] und einer Tante [ ]. Alle lächeln uns an. Allen tut es einfach so schrecklich leid.

Warum bist du immer so verwirrt?, fragt Noreen eines Tages und sieht mich an. Alle Erwachsenen sagen, ich lebe in meiner eigenen Welt. Sie suchen mich stundenlang und finden mich dann verborgen neben einem Schrank, wie ich die Wand anstarre, so ruhig, dass sie mich gar nicht bemerkt haben. Wenn sie fragen, wo ich gewesen bin, weiß ich keine Antwort. Ich habe nicht einmal mitbekommen, dass Zeit vergangen ist. Ich schlafe irgendwo ein und wache an einem neuen Ort wieder auf.

Als Onkel ████ uns endlich dorthin fährt, wo unser neues Zuhause sein soll, ist es heiß im Auto, meine Augen sind schläfrig, ich kann sie kaum offen halten. Ich will den Zoo sehen, und ich habe Angst, dass ich ihn verpasse, wenn ich einschlafe. Unsere Sachen sind im Kofferraum, wir drei sitzen eng beieinander auf der Rückbank: Aisha düster wie immer, Noreen mit gelangweiltem Blick, sie starrt aus dem Fenster, beobachtet, wie die Bäume mit noch mehr Bäumen verschmelzen.

Im Koran steht, wenn man sich um ein Waisenkind kümmert, ist einem der Eintritt ins Dschanna sicher.

Mein Onkel bricht das Schweigen, im Rückspiegel wandert sein Blick von einer zur Nächsten, ein sanftes Lächeln auf den Lippen. Seine Augen richten sich nacheinander auf jede von uns, seine drei Eintrittskarten in den Himmel, ruhig auf der Rückbank.

Willkommen im Zoo, trällert er und weckt mich auf. Aishas Kopf ist in meine Halsbeuge geschmiegt, Noreens Beine nehmen die halbe Rückbank ein. Draußen ist es dunkel, die Straßenlaternen gießen ihr Licht über die Gebäude aus. Ich schiebe Aisha von mir runter und sehe mich um, mit trüben Augen, blinzle Schlafsand weg. Wir parken vor einem Wohnblock, die Straße wirkt städtisch, der helle, Kheer-farbene, dicke Anstrich der Bretterfassade wird von gesplittertem Holz unterbrochen.

Eine Reihe Türen starrt uns entgegen, die Risse im blätternden Lack wie Runzeln, wie das Gesicht der alten Onkel vor dem Masdschid.

Das sieht nicht wie ein Zoo aus, meint Aisha und blickt finster am Gebäude hoch.

Es ist nicht alles so, wie es scheint, erwidert er und klopft sich den Pullover ab.

Wir stehen zu dritt auf der Straße und schauen zu, wie er mit Schlüsseln hantiert. Noreens Körper steif, wachsam, auf der Hut.

Ich halte ihre Hand, meine Handflächen sind schwitzig, mein Kopf noch immer verwirrt von dem Traum, den ich hatte. Ich klemme mir den pinken Flamingo unter den Arm und fasse nach Aishas Hand, aber sie schlägt meine genervt weg. Sie funkelt Noreen an. Der Flamingokopf baumelt schlapp herunter, neigt sich dem Bürgersteig zu. Ich sehe zu Boden.

Onkel ███████ öffnet eine der Türen, und drinnen höre ich einen Vogel zwitschern. Zoo? Endlich packt Aisha meine Hand. Ihre Nägel graben sich in meine Handfläche.

Ein Vogel fliegt auf uns zu, mit safrangelbem Bauch und blauen Flügeln. Im Erdgeschoss säumen Käfige den Hausflur, aber die Vögel sind frei, die Gitterstäbe stehen zu weit auseinander, um sie wirklich einzusperren. Sie fliegen von Geländer zu Geländer, scheißen auf Wände und Treppenstufen. Eine Taube, ein majestätisches Tier, prallt fast mit Aisha zusammen, als wir unsere Koffer hineintragen. Die Vögel spreizen die Flügel, machen sich groß, der Hausflur füllt sich mit ihren schrillen Gesängen. Hamster in Käfigen laufen in ihren Rädern, Schildkröten stöbern im schmutzigen Wasser, Kaninchen in Pappschachteln schnuppern durch Löcher. Alles ein bisschen gefangen, ein bisschen frei. *Guckt mal, ein Schwein*, sagt er und deutet auf ein wolliges schwarzes Tier, das wie ein zu groß geratener Hamster aussieht. Ich schaue nach unten, mein Schuh in einem Haufen Vogelscheiße. Wir drei am Fuß der Treppe, ein bisschen gefangen, ein bisschen frei, so blicken wir auf zu dem Zoo, den er uns versprochen hat.

Im Auto träumte ich von all den wehklagenden Tanten, die ineinanderflossen: ein Gesicht mit all ihren Augen, mit all ihren Grübchen, mit all ihren Runzeln. All ihre Gesichter verschmelzen, bis sie zu einer Tantensuppe werden, bis ich sie nicht mehr auseinanderhalten kann. Mehr hat es nicht gebraucht: eine Autofahrt, und schon entgleiten sie mir. Ich öffne und schließe meine kleinen Hände, schwitzig, versuche festzuhalten, woran ich mich erinnern kann. Ich öffne und schließe die Augen, aber da sind nur wir drei, in einem kleinen Zimmer der Wohnung, in die er uns gebracht hat. Onkel ███████ steht im Türrahmen.

Bleibt hier. Morgen könnt ihr mit den Tieren spielen. Ein ganzer Zoo!

Er beugt sich vor, sodass er auf Noreens Augenhöhe ist, seine aufgesprungenen Lippen könnten Vaseline vertragen. Sein kahl werdender Kopf, das sonnengefleckte Gesicht. Er fährt sich durch den Bart. Der eine verbleibende gelbe Schneidezahn betont die Lücke, wo der zweite sein müsste. Das Telefon in der Küche klingelt, und er richtet sich auf und geht ran.

Ja. Ja. Warum rastet er aus? Ich habe die Mädchen hier, wieso kannst du nicht –

Er wendet sich ab, mit krummem Rücken.

Kann das nicht jemand anders machen? Deshalb, ich bin gerade bei den Mädchen, seine Hand am rot werdenden Nacken.

————

Okay. Okay. Nein, ich komme. Bin gleich da.

Wo gehst du hin?, fragt Noreen verwirrt.

Ich muss zu meiner Familie. Morgen wird jemand für euch hier sein. Du bist ein großes Mädchen, Noreen. Neun Jahre alt. Du kannst auf alle aufpassen, nicht?

Sein Gesicht bekommt Stressflecken. Verzweiflung. Aisha und ich sehen Noreen an. Noreen, die allein mit uns in den Park geht, wenn unser Dad bei der Arbeit ist. Noreen, der wir vertrauen können. Noreen, die bei Versammlungen die Verantwortung trägt. Sie nickt.

Und ebenso schnell, wie er gekommen ist, ist er fort. Unter uns, getrennt durch eine Tür, wimmelt der Hausflur von zwitschernden Vögeln, die Hamster drehen ihre Räder, die Schildkröten krauchen auf das Wasser in ihrem Käfig zu. Nicht der Zoo, den ich mir erträumt habe, sondern ein Zoo, der den schmalen Gang des Mietshausflurs säumt. Aisha richtet den Blick auf mich, sengend. Als wüsste sie, dass ich diejenige bin, die uns hierhergebracht hat.

Unser Zoo:

	Schlafzimmer 1 (wir)
Schlafzimmer 3 (?)	
Küche und Wohnzimmer	Schlafzimmer 2 (?)
Badezimmer	

Feuertreppe

Treppenaufgang und Mietshausflurzoo

In diesem neuen Zimmer kann alles Schein sein. Der Almari sieht aus wie mein Vater. Der Türgriff: seine Nase. Der Kratzer im Holz wie das Grübchen in seinem Gesicht. Die Decken-lampe: unsere Mutter. Der Lichtschalter: ihr Ohrring. Wenn das Licht aus ist, schimmert sie, lacht auf einer Party, der Ohrring glitzert, wenn das Mondlicht drauffällt. Ich kann im Dezember Pfirsiche essen, nicht aus der Dose. Ich kann drau-ßen in unserem Vorgarten spielen. Die Vögel im Hausflur sind Rochs, mit Krallen so groß, dass sie einen Elefanten tragen. Sie tragen uns über Burggräben. Die Kaninchen sind Pferde. Die Meerschweinchen sind echte Schweine. Wir wohnen in einem Zoo. Wir es-waren-einmalen uns selbst.

Es waren einmal drei Schwestern. Oder vielleicht Brüder. Okay, okay: Schwesterbrüder. Schwestermütter. Es waren einmal drei, die lebten vor langer, langer Zeit in einem Schloss, ganz weit oben. Vor langer, langer Zeit war ihr Vater von ihnen gegangen. Doch vor langer, langer Zeit wussten sie, dass ihr Vater zu ihnen zurückkehren würde. Denn vor langer, langer Zeit war er ein König. Und manchmal, vor langer, langer Zeit, mussten Könige königliches Zeugs erledigen, zum Beispiel mit Drachen kämp-fen. Und Krieg führen. Und so Kram. Aber Könige kehrten stets zurück. Daher verstanden es die Schwesterbrüder, zu warten. Die Schwestermütter wussten, dass jemand sie hören würde. Vor langer, langer Zeit. Und man würde sie finden.

Am nächsten Morgen lässt Onkel ▪▪▪▪ uns an einem Plastiktisch bei der Küche Platz nehmen, der mit gelbem Paisleystoff bedeckt ist, weich wie ein Babyküken. Wir kauern drum herum. Eine verschlossene Tür neben der Küche. Eine verschlossene Tür hinter Noreen. Eine verschlossene Tür hinter Aisha. Eine verschlossene Tür hinter meinem Körper. Jede Tür ist uns verschlossen.

Lasst uns die Regeln durchgehen, sagt er.

Welche Regeln?, fragt Noreen vorsichtig.

Die Regeln:

Tut, was ich euch sage
Bleibt in dem Zimmer
Redet nicht, außer ihr werdet angesprochen
Ihr könnt nur an Schul-AGs teilnehmen, die nichts kosten
Haltet den Hausflurzoo sauber
Lasst die Vögel nicht aus dem Haus
Tragt nur Kleidung, die Arme und Beine bedeckt
Geht nicht in den Masdschid
Betet zu Hause
Geht nicht zum Haus meiner Söhne
Streitet nicht mit euren Schwestern

Redet nicht mit Jungs

Schreibt gute Noten

Geht zur Schule

Kommt direkt nach Hause

Wenn ich nicht da bin, trägt Noreen die Verantwortung

Hier, wenn ich gerade nicht da bin und ihr was unterschrei-
ben müsst, sagt er und zeigt uns seine Unterschrift auf einem
Stück Papier, und wir sollen sie nachmachen.

Noreen und Aisha nicken, ihre Finger umschlingen beim
Üben die Stifte. Ich sitze mit meinem Stift da und zeichne ein
Schiff, das nur für mich wie ein Schiff aussieht. Aber Noreen
kann es. Noreen kann alles. Sie eiert das S seines Namens aufs
Papier, gut für eine Neunjährige, aber nicht selbstbewusst
genug. Er seufzt und klebt seine Unterschrift an die Wand,
sodass wir sie alle sehen können. *Übt weiter. Irgendwann kriegt*
ihr es hin, sagt Onkel ████. Onkel ████, der einen himmelblauen Cadillac fährt. Onkel ████, der kein Portemonnaie, sondern eine mit einem Gummi umwickelte Rolle Geldscheine hat. Onkel ████: der *smooth criminal.*

Bleibt drinnen, erinnert er uns.

Warum?, fragt Noreen, mit verschränkten Armen.

Er funkelt sie an, und über seinen Augenbrauen ballt sich eine
Faust, die nie verschwindet. Das Kind seiner Schwester. Doch
keine Spur von dem Staunen unserer Mutter in Noreens Gesicht, in ihrem skeptischen Blick.

———

Denkt daran, wegen mir seid ihr zusammen. Ihr hättet auch in Pflegefamilien landen können. Seine Stimme singvogelnd, sie zuckert den Bissen.

Ich ziehe die Beine unter den Körper und versuche, mich aufrechter hinzusetzen. Wir wissen, was wir sind. Auf der Fahrt hat er es uns gesagt. Staatsmündel. Staatliches Eigentum. Waisen. Wir hängen in der Luft zwischen dieser Wohnung, wo wir einander haben können, und einem Fragezeichen. Ich blicke auf meine Hände. Ich weiß, dass ich brav sein kann. Ich weiß, dass ich perfekt sein kann. Wenn ich mich an die Regeln halte, werden wir einander für immer behalten dürfen.

Das da ist euer Zimmer, sagt er und zeigt auf die Tür zur Linken, wo wir letzte Nacht geschlafen haben. *Da ist das Badezimmer*, sagt er und zeigt auf die verschlossene Tür hinter mir. *Geht nirgendwo anders rein.*

Als er weg ist, schlurft Noreen zum Radio auf der Küchenarbeitsfläche und ringt mit ihm. Sie dreht am Regler, bis sie eine Stimme findet. Michael Jackson. In unserer alten Küche hatten wir ein Radio, und unser Dad hat immer mitgesungen. Einmal hat er Noreen ein grünes Kleid gekauft, und sie tanzte zu Michael, und die Rockfalten fächerten sich um sie auf. Michael singt aus dem Radio, ein winziger Mann in einem großen Lautsprecher. Meine Schwestern sitzen am Tisch, die Köpfe auf die Handgelenke gestützt, und lauschen Michael, jede zu ängstlich, um sich zuerst zu bewegen. Es ist ein Spiel: wie lange wir still und reglos bleiben können. Wie brav wir sein können.

Ich denke an Noreen in unserem alten Zuhause. Bevor es zum Haus der Trauer wurde. Unser Dad, wie er die Hüften wiegte, mit geblähter Kurta. Der grüne Stoff, der um Noreens Knöchel wirbelte, während sie so zu tanzen versuchte, wie wir es bei Michael im Fernsehen gesehen hatten, so *smooth*. Ich stehe vom Tisch auf, wackle mit meinem kleinen Körper. *Are you okay, Annie? Annie, are you okay?* Noreen und Aisha kichern und steigen nach mir empor. Jede von uns eine kleine Weltraumrakete, startend. Unsere Beine zucken die Küche entlang, auf unser neues Zimmer zu, unsere grauenhaften Stimmen versuchen, seine Töne zu treffen.

In dem Zimmer, von dem Onkel ███████ sagt, es sei unseres, ist jeder Zentimeter Wand mit einem Bett zugestellt. Drei Stück, für uns. Eine Matratze hat ein Gestell, darunter eine Schublade für Kleider. Die zwei anderen Matratzen liegen direkt auf dem Boden, stoßen gegeneinander. In der Zimmermitte ist ein abgewetzter blauer Teppich, und an den Fenstern hängen ausgefranste grüne Vorhänge. Die Kakerlaken sind so dreist, dass sie sich auch bei Tageslicht hervorwagen, sich nicht einmal rühren, wenn man auf sie zurennt. Wir hören es in den Wänden huschen, Ratten, der vage Geruch nach etwas Sterbendem knapp außerhalb unseres Sichtfelds. Unsere Spielsachen hat er in ein anderes Zimmer geräumt, in das wir zum Spielen gehen dürfen, wenn wir brav sind, sagt er. Und im dritten Zimmer liegt eine weitere Matratze unberührt am Boden, für jemand anderen.

In Philadelphia wohnten wir auf zwei Etagen. Es gab die Treppe mit Teppichboden, die uns hoch zu unseren Zimmern führte. Unseren Dad. Nachbarn mit wild gelockten Kindern in unserem Alter, die über uns wohnten, Nachbarn, die draußen auf der Wiese vor dem Haus mit uns spielten, Nachbarn, von denen wir uns nicht verabschieden konnten. Hier, fünf Autostunden von Philly entfernt, gibt es uns und einen kleinen Hinterhof, den wir mit den anderen Wohnungen im Haus teilen. Mein Onkel hat eine größere Wohnung ein Stück weiter die Straße hinunter, wo er arbeitet, ganz für sich allein. Er hat sie uns heute gezeigt, falls wir ihn mal brauchen. Aber wir haben keinen Schlüssel.

Ich berühre eine der Matratzen am Boden, die, auf der ich letzte Nacht geschlafen habe. Ich blicke zu Noreen und Aisha auf, aber keine bestätigt mir, ob es für immer meine sein kann. Noreen schreitet unser Schlafzimmer der Länge nach ab, mit großen Schritten, und zählt. *Dreieinhalb Meter!*, sagt sie. Aisha springt auf, will es auch probieren, ihre Beine sind kürzer als Noreens. *Nein, es sind fünf!* Noreen schnaubt, Hände in die Hüften gestemmt, und funkelt Aisha an. *Okay, dreieinhalb,* lenkt Aisha ein und lässt sich auf eine der Matratzen plumpsen.

Wir hören, wie sich die Wohnungstür öffnet und schließt, leise Stimmen wie auf Zehenspitzen. Die Dielen knarzen. Bewegung. Durch die Wand vernehmen wir, wie die Stimmen sich im Zimmer neben uns niederlassen. Wir sehen uns an und fragen uns, wer noch hier ist.

Ein Windstoß. Nachtluft strömt in meine Lunge, rüttelt an meinem Brustkorb. Meine Kehle fängt Feuer. Der Schrei kriecht mir aus dem Mund, ein großer schwarzer Skorpion. Jemand hat mir meinen Vater weggenommen. Eigentlich sollte er am Leben sein. Meine Organe fühlen sich ganz heiß an. Ich weiß nicht, wo ich bin. Meine Arme feuern. Sie drehen sich wild, treffen alles, was sie erreichen können. Mein Steißbein: ein Stachel. Ich peitsche wild um mich.

Ich könnte geradewegs durch meine Schwestern hindurchbrennen. Ich versenge den Boden. Flehe Gott an, mich anzusehen.

Ich wünschte, ihr wärt weg, und nicht er. Ich wünschte, es hätte euch getroffen, meine Stimme bricht, grell und trocken.

Aisha und Noreen stehen in der Zimmerecke, schauen zu. Aishas Augen werden feucht. Sie beißt sich auf die Lippe.

Lass sie ausbrennen, sagt Noreen und schiebt den Arm vor, schützt Aisha, als diese die Hand ausstreckt, um mich zu berühren.

Fass sie nicht an. Sie tut dir weh.

Als ich mich beruhigt habe, bemerke ich Aisha über mir. Ihre Augen, groß und langsam blinzelnd, voller Fragen. Alle sagen, Aisha sieht aus wie meine Mutter. Das rundliche Gesicht, der immerzu finstere Blick, das Rauchige rund um die Augen, ihre Haut heller als meine und Noreens.

Keine von uns erinnert sich an sie, an diese Phantommutter. Sie ist ein Mythos. Nichts als Schein. Ich weiß nicht, wie sie aussieht. In unserem alten Zuhause gab es ein Foto von ihr, das Gesicht rund wie der Mond, kleine Grübchen in den Wangen, einen Dupatta lose ums Haar geschlungen. Doch ich sehe bloß eine Fremde. Auch mein Vater wird Schein. Ich vergesse Dinge: auf welcher Seite er sein Grübchen hatte, wie sein Lachen sich durchs ganze Haus wand, das Letzte, was er zu mir gesagt hat. Ich schließe die Augen, versuche, mich an seine Stimme zu erinnern. Da ist bloß Rauschen.

Wir wissen, es gibt Horrorfilme, die fangen damit an, dass Kinder etwas Totes wieder zum Leben erwecken wollen. Und doch halten wir uns fest an den Händen, entzünden die Kerzen, die wir in der Küche gefunden haben, und versuchen uns an einer Séance, um unsere toten Eltern zu verlebendigen. Der Mond vor dem Fenster hängt tief, führt Aufsicht über uns.

Ami! Baba!, schreien wir aus unseren kleinen Brustkörben; mit aller Luft, die wir zusammenkriegen. *Kommt zu uns zurück! Kommt zurück! Wir versprechen, diesmal sind wir brav!*

Und das meinen wir ernst, mit jeder Faser unserer Körper. Ich weiß, dass ich brav sein kann. Ich werde nicht um noch mehr Spielsachen bitten. Ich werde keine Heulsuse mehr sein. Ich werde nicht an der Bushaltestelle herumjammern, weil mein Rucksack zu schwer ist. Ich werde ihn selbst tragen. Aisha beginnt zu zittern, windet sich am Boden, stößt eine Kerze um. Die Flamme greift auf ein vergessenes Shirt unter dem Bett über, breitet sich aus.

Feuer!, schreit Noreen und zeigt darauf.

Mit meinen großen Augen blicke ich, nichtsnutzig, auf die kleine Flamme, nicht groß genug, um einem wirklich Angst zu machen, aber doch da. Noreen und Aisha springen auf, zerstampfen die sich ausbreitende Hitze. Aisha öffnet das Fenster, das zur Feuertreppe führt, die Rauchkreise verlassen uns, ziehen uns voran in die Nacht. Der Mond hat sich ein klein wenig bewegt, knapp aus dem Fensterrahmen hinaus, beschämt.

———

Meinst du, das kann ich noch anziehen?,

fragt Aisha von der Feuertreppe und guckt auf das angesengte Shirt. Jetzt, wo es hin ist, ist es plötzlich ihr liebstes Stück.

Tum kya kar rahi ho?

Eine Stimme, süß und scharf wie Rosen, durchschneidet die Nachtluft. Urdu. Noreen und ich klettern rasch aus dem Fenster, zu Aisha, und suchen nach dem Ursprung.

Und da ist sie: eine Frau Ende zwanzig, mit tiefbrauner Haut, einem lose ums Haar gewickelten Dupatta, Sonnenmalen auf den Wangen. Sie steht auf der Feuertreppe des Nebenzimmers. Sie sieht aus wie ein Engel, ein Engel, den wir durch unsere Flammen heraufbeschworen haben. An ihrer Seite hängt die Mondsichel am Nachthimmel. Hinter ihr streckt ein Mann den Kopf aus dem Fenster, macht ein besorgtes Gesicht. Wir drei starren, mit weit aufgerissenen Augen. Unsere Kerzen haben gewirkt. Und vor uns steht kein Grauen, kein halb totes Ding.

*Wir haben das mit euren Eltern gehört. Wir sind vor ein paar
Wochen aus Islamabad hergekommen. Mein Mann ist mit
eurem Onkel zur Uni gegangen,* sagt sie leise. Wir sehen sie
an.

*Wir dachten, ihr schlaft, deshalb wollten wir nicht zu euch ins
Zimmer kommen, aber er meinte, er kommt bald und stellt uns
euch vor. Habt ihr euren Onkel gesehen?,* fragt der Mann, mit
sanfter Stimme, als wollte er uns nur ja keine Angst machen.

———

Aisha schüttelt den Kopf. Keine Worte, doch in ihrem Kopf-
schütteln liegt die ganze Geschichte: unser ungekämmtes
Haar und die verschrammten Knie, der Flamingo noch in
meiner Hand, schmutzig vom Mitgeschleiftwerden, gewagt
zu Boden baumelnd. Sie sehen einander an und dann zu uns
dreien, wie wir uns auf der Feuertreppe zusammendrängen,
umhüllt von Rauch. Ich grabe die Fingernägel in meine
Handfläche, den Blick fest auf das Paar gerichtet. Bitte, lass
sie unser sein.

Aa jao,

sagt die Frau und streckt die Hände vor. Aisha rührt sich als
Erste, geht über die Feuertreppe auf sie zu. Aisha dreht sich
um und bedeutet uns, ihr zu folgen. Noreen und ich schauen
uns an, bevor wir gleichzeitig losspurten. Sofort umschlingen
meine Arme das Bein der Frau. Sie lacht und fährt mit den
Fingern durch einen Knoten in meinem stumpfen Haar.

Komm rein, Beta. Darum kümmere ich mich,

sagt sie sanft und zupft an dem Haarnestchen. Ich sehe zu ihr auf, unser Gebet erhört, eine neue Mutter hier auf der Feuertreppe. Ein Vater in dem Zimmer gleich hinterm Fensterbrett.

Wir wissen nicht, wo Onkel ████ ist – ob er in seiner Wohnung am anderen Ende der Straße sitzt oder bei seiner Familie in dem Haus in der Vorstadt, das wir nicht gesehen haben, von dem er uns aber erzählt hat. Doch in diesem Augenblick hat er keine Bedeutung. Er gehört nicht ins Bild; zwei neue Menschen sind in den Rahmen getreten.

———

Der Mann von der Feuertreppe lächelt, mit jungem Gesicht, buschigen Augenbrauen. Er riecht nach Sandelholz und Schweiß. Seine Augen monden. Draußen zwinkert der Mond uns zu. Diesmal werden wir brav sein. Aisha hängt sich an seinen Bizeps wie an ein Klettergerüst, mit Zahnlückengrinsen im Gesicht. Sie gehören uns. Wir gehören ihnen. Das Gebet, erfüllt.

er

unser volk liebt den mond / die chaand / unsere flagge ruft
ihren namen / sie ist immer da / ein gesicht in den himmeln /
außer wenn sie fehlt / wenn sie fortgeht / dann müssen wir
mit uns allein dasitzen / in dunkelheit

als ich jung war / ein junge / hatte ich sorge, dass sie für
immer verschwindet / neunundneunzigmal tickte ich meinen
tasbih / flehte / bitte, bring sie zu uns zurück

wir gehören einem volk an, das den mond liebt / ja, auch
einen gott – Allah / und auch die bäume / den stoff um
ihre zweige / ihre wurzeln tief in der erde / die arme zum
himmel / zu ihr

alle liebenden sprechen durch sie / chaand / alle liebenden
versprechen / ihr / ihre versprechen / dafür / melkt sie sie /
sie melkt mich / sie strömt / macht mein blut zum meer /
bei nacht / die ebbe / das zunehmen / das abnehmen /
das strömen / mein herz / schlag / die wellen / sie mondet

das war mir nicht fremd / bis ich herkam / nach / amerika /
wo niemand / himmel / beachtete / wo sie / versuchten /
einen kurzen weg / zu uns / zu finden / wo sie versuchten /
all die menschen / zu töten / die zuvor / lebten / und ihn
dann missachteten / den mond

als wir heirateten / war der mond voll / mein magen /
schmerzte / zu viel burfi / machte meinen mund trocken /
wüstenwind / in meiner kehle / die chachis / wollten, dass
ich mehr esse / chachus wollten fotos / stahlen mir die
schuhe / nachbarskinder warfen rosenblätter / abbu schrie /
der stoffbaldachin löste sich / ich konnte / mich / nicht /
denken / hören

die chaand war / voll / ich war / verheiratet / wie liebt
man? / fragte ich / unter ihr / bring mir bei, wie man liebt /
bring mir bei, für immer zu lieben / bat ich / sie blickte / aus
ihrem nächtlichen haus / sie antwortete nicht / blieb bloß /
dort / in ihrer mondwelt / tat monddinge

sieben jahre später / in amerika / ist die chaand wieder
voll / beim supermarkt / gegenüber der tankstelle / wo der
wachmann / danny / immer seine letzte zigarette raucht /
mich immer um feuer bittet

hell / der mond / die chaand / ihre milchigkeit strahlt /
aus / leckt an mir / wie ein warmes bad / es gibt keine
bäume / keine erde für meinen körper / um zu ruhen / nur
gehsteige / die finger / feucht / von meinem eigenen blut /
die versuchen / meinen körper / zusammenzuhalten

danny ist heute nicht hier / der supermarkt leer / nur ich /
mein körper / blut

sie sind drei / meine kleinen / meine klebrigen kinder /
zu hause

die babysitterin / genervt / dass ich noch nicht zurück bin /
inschallah / sie werden es erfahren / liebe

so viel / die liebe sickert / aus mir hinaus / tiefrot / aufs /
pflaster / ich sehe nichts als

> *den mond /*
> *mein blut*

sie ist voll / die straßenlaternen funkeln / brennen näher /
doch sie / leuchtet / noch immer so voll / ist am leichtesten
anzusehen / ich schöpfe / atem / flüstere dem beton zu

> pass gut auf
> sie auf
> bitte.

blut & nicht

Wie jedes Versprechen Gottes wurde unser Handel spät eingelöst. Anderthalb Jahre, nachdem wir nach New Jersey in unsere neue Stadt gezogen waren, ein paar Wochen vor meinem siebten Geburtstag. Ein für uns zurückgelegtes Bett, mit Kummer bezahlt. Onkel ████ fährt in der Stadt umher, beobachtet, wie die großen Geschäfte ihre Lieferungen be- und entladen. Ausrangierte Holzbretter. Sein verschwitzter Körper, im Pullover, obwohl die Sonne draußen hoch und glühend am Himmel steht. Er schleift die Bretter zu seinem Auto, murmelt *mader chod* vor sich hin. Er bringt sie zu uns nach Hause, das laute Rumsen jedes Holzbretts hallt das Treppenhaus empor. Die Vögel im Flur fügen dem Aufruhr ihr Geflatter hinzu.

Was zur Hölle macht er da?, schnaubt Noreen leise. Wir stehen alle dabei, mit verschränkten Armen, sehen zu.

In seiner Hand: eine von einem Freund geliehene Bohrmaschine. Sein Pullover wird schweißfeucht, die Bohrmaschine kreischt, während er die Holzbretter vermählt. Nach mehreren Stunden wischt er sich Schweißperlen vom kahlen Schädel, tritt einen Schritt zurück und betrachtet das planlos zusammengeschusterte Stockbett mit angelehnter Malerleiter.

Ich kletter da nicht rauf, sagt Aisha, ihre Augen erdolchen das Leiterholz, als er geht.

———

Und ich weiß: Ich muss es tun, mein Versuch, ihnen zu zeigen, dass ich mutig sein kann, dass ich es hinkriege.

Ich fang dich auf, wenn du runterfällst, flüstert Noreen, ihre gewellten Haare fließen sanft bis über die Schulterblätter, und ich nicke. Sie fängt mich auf.

Ich sitze am Boden zwischen Tantes Beinen, während sie mit dem Kamm millimeterweise das Nest in meinem Haar entwirrt. Unser Freitagabendritual. Sie fasst ein paar Strähnen und zieht sie nach unten, damit es nicht an den Wurzeln ziept. Ihre Churiya zirpen. Sie massiert mir das Mandelöl in die Kopfhaut und benetzt meinen Scheitel mit Rosenwasser. Unsere Tante. Unsere Mutter im Spiel. Der Gesang der Flurvögel unten, Loblied für unseren Ritus.

Unsere kleine Familie – Tante, ihr Ehemann, den wir Meemoo nennen, und wir drei. Onkel ▉▉▉▉ wohnt nicht bei uns, obwohl er unser gesetzlicher Vormund ist. Manchmal kommt er vorbei – um herumzuschreien, um Lebensmittel zu bringen, aber so richtig ist er nicht hier. Meemoo gehört uns. Tante gehört uns. Aber sie gehören uns nicht auf dem Papier. Wenn wir sie fragen, ob es so werden könnte, sagen sie, dass sie keine Staatsbürger sind. Außerdem würde Onkel ▉▉▉▉ sie nicht lassen, selbst wenn es ginge.

Das nennst du eine Mussage?, neckt Tante.

Die Ballen meiner großen Zehen drücken jetzt in ihren Rücken, meine Arme sind Flügel. Ich balanciere ihre Wirbelsäule entlang wie ein Drahtseil. Ihr Haar wallt unter mir über die Matratze, sanfte Locken, ihre Handflächen streifen die Bodendielen. Sie atmet sacht, während ich gehe, während ich versuche, so leicht zu sein, dass sie mich gar nicht bemerkt.

―――――――

Fester, sagt sie.

Ich trete stärker auf, das leise Knacken in ihrem Rücken rieselt von oben nach unten. Sie lacht, und es gibt dem Raum Farbe.

Eines Tages passt uns Onkel ▆▆▆▆ nach der Schule an der Haustür ab. Wir sind zusammen mit einem Jungen aus dem Bus gestiegen, der ein paar Häuser weiter wohnt. Er hat Noreen tschüss gesagt, und Onkel ▆▆▆▆ war gerade zufällig am Briefkasten und hat es gehört.

Habt ihr mit einem Jungen geredet?, beschuldigt er uns und packt Noreen vor der Tür am Arm, als sie nach den Schlüsseln zum Zoo kramt. Noreen, inzwischen elf, und plötzlich eine Erwachsene, die Jungsblicke auf sich zieht.

Er ist wütend und starrt uns so gnadenlos an, dass es sich anfühlt wie ein Schlag. Ein stiller Mann, er redet nicht viel. Wenn er es doch tut, schäumt ihm Speichel um den Mund. So wütend, dass einem vor Angst die Beine wegklappen.

Nein, sagt sie und versucht, sich von ihm loszureißen.

Ihr seid alle Prostituierte. Seine Stimme ist ruhig, während er uns mustert. Wir drei schauen uns an, versuchen zu sehen, was er sieht, befangen in unseren langärmligen Kleidern mit Hüftjeans darunter. Hinter uns wenden die Bäume sich ab, ihr Laub versteckt sich vor seinem Urteil.

In der Pause sind wir draußen, wo es kaum Bäume gibt. Nur Pflastersteine und ein zertretenes Baseballfeld. Alle Mädchen stehen bei den Tribünen und labern Scheiße. Die Jungs wälzen sich im Dreck und nennen es Football. Ich bin keines und beides, sitze allein im Außenfeld und sehe zu, wie der Staub vom diamantförmigen Innenfeld aufsteigt, eine Wolke für sich. Der Himmel war also schon die ganze Zeit der Boden. *Al' Kausar.* Es gibt kein Tor zum Himmel, nur einen Wasserfall und ein über einen See gleitendes Boot. Ein Steg aus Perlen erwartet deine Ankunft. Der Mond, hell und groß. Wasserfälle habe ich bisher nur auf Bildern gesehen. Perlen habe ich bisher nur in Filmen gesehen. Den Mond habe ich von der Feuerleiter aus gesehen, in den Himmel geschmiegt, manchmal unten eingereiht zwischen den Straßenlaternen. Ich lasse die Finger über den Zaun gleiten und tue, als wäre er mein Steg aus Gras. In jeder Pause halte ich Ausschau nach meinem Kausar, meinem Durchgang in eine Vielleicht-Welt, wo ich hingehöre. Wo es Platz für Schwestern und Brüder und ein paar von uns dazwischen gibt. Wo wir singen und schreien können und uns an den Namen jeder Tante und an das Gesicht jeder Mutter erinnern, und wo es Väter gibt, die nicht von uns gegangen sind.

Es läutet, ehe ich Al' Kausar finde, und ich muss zurück ins Klassenzimmer. In Kunst malen wir für irgendeinen amerikanischen Feiertag Truthähne aus unseren Handumrissen. Ich kann aus meiner Klasse am besten zeichnen. Das ist der einzige Moment, wo die anderen Kinder mich mögen: wenn sie mich bitten, etwas für sie zu zeichnen. Ich mache es und tue, als wären wir Freunde. Sobald ich ihnen die Zeichnung gebe, ignorieren sie mich wieder.

Hey, Kausar. Gefällt dir mein Truthahn?

Bens Truthahn vor mir ist total unförmig. Auf dem Feld ist Ben immer der Größte, er ist der Erste, der einen anderen in den Dreck wirft. Beim Gehen wölbt er die Brust, und sie folgen ihm. Er hat seine Finger zu dick gezeichnet. Seine Freunde machen sich über ihn lustig, aber er lacht. So macht man das wohl unter Freunden.

Der ist hässlich.

Ich will mit ihm befreundet sein. Aber etwas ist falsch. Es ist still, alle starren mich an, ausdruckslos. Überrascht. Noch nie haben mich so viele Leute auf einmal angesehen. Ich weiß, ich habe einen Fehler gemacht. Ben runzelt die Stirn, wie wenn er kurz davor ist, jemanden zu Boden zu werfen. Und dann brechen seine Freunde in Gelächter aus.

Scheiße, Mann, lässt du dir das von der Missgeburt gefallen?
Wer hätte gedacht, dass sie reden kann?
Sie hat gesagt, deine Kackzeichnung ist häääässlich!

Ich bin in Schwierigkeiten, das weiß ich. Ich spanne den Körper an.

Deine Mom ist hässlich.

Die Jungen johlen, als die Wörter aus Bens Mund kommen. Ich beobachte, wie er sich rückwärts gegen den Tisch lehnt, seine Fäuste pulsieren leicht, die Ader an seinem Handgelenk tritt hervor. Er feixt, als das Klassenzimmer sich mit dem Meer ihres Gelächters füllt.

Meine Mom ist tot.

———

Ich bin so leise, dass niemand außer Ben mich hört. Ich sehe ihm geradewegs in die Augen. Seine Stirn wird wieder glatt, während die Jungs mit den Fäusten auf die Tische hämmern, während ihre Bäuche vor Klang aufplatzen, während sie am ganzen Körper beben. In meinen Augenwinkeln bildet sich ein Steg aus Perlen. In meinen Augenwinkeln läuft ein Steg aus Perlen über.

Oder aber der Koran sagt, das Paradies liege unter den Füßen der Mütter. Meine Mutter ist nur Schein. Meine Mutter könnte das diamantförmige Baseballfeld sein, das ich durchs Klassenzimmerfenster sehe. Kinder einer anderen Klasse sind jetzt dort draußen. Die Staubwolke steigt auf, als sie rennen. Meine Mutter könnte das Gras sein, das bisschen, das noch nicht zertrampelt wurde. Meine Mutter könnte ein Wassertröpfchen aus dem undichten Hahn sein. Meine Mutter könnte dieser Handtruthahn sein. Meine Mutter könnte Bens Faust sein, die sanft pulsiert. Meine Mutter könnte die Ader an seinem Handgelenk sein. Meine Mutter könnte die Perle auf meinem Gesicht sein.

Als ich das Klassenzimmer verlasse, um auf die Toilette zu gehen, folgt Ben mir auf den Gang. Die Schulflure sind nicht voller Vögel. Ich sehe ihn kommen und versuche, in einen leeren Raum zu huschen, aber er erwischt mich am Handgelenk, bevor ich entkommen kann. Wieder sehe ich es: sein Körper an meinem, mein Körper, wie er in den Dreck knallt, seine Faust, die pulsiert und pulsiert.

Schlag mich.

Sein Griff um mein Handgelenk ist sanft, aber bestimmt. Ich blicke zu ihm auf, verwirrt, aber ich sehe, dass seine Stirn glatt ist.

Ich hab dir wehgetan. Schlag mich.

Alle sind in ihren Klassenzimmern. Der Gang ist leer, eine Geisterstadt. Ben steht vor mir, die Hand um mein Handgelenk, die Augen flehend. Ich spüre ihn auf meiner Haut. Ich habe noch nie im Leben jemanden gehauen. Aber ich balle die Faust. Ich hämmere sie ihm in die Brust.

Noch mal. Ich hab dich zum Weinen gebracht. Also bring mich auch zum Weinen.

Noch einmal kracht meine Faust in Bens Brust. Und noch einmal. Meine Augen blicken in seine. Seine in meine. Ich bin überrascht, wie gut sich das anfühlt, meine Finger rammen in seinen Körper, mit jedem Schlag schwingt mein Arm weiter und heftiger aus.

Noch mal.

———

Er sagt es nicht, aber mit jedem Krachen meiner Faust in seinen Brustkorb weiß ich, dass es ihm leidtut. Mit jedem Krachen meiner Faust in seinen Brustkorb zeigt er mir, wie man ein Mann ist.

Wir wurden nicht adoptiert. Und als wir darum baten, als wir darum baten, dazuzugehören, sagte Onkel ████████, dass wir ihm die Steuern versauen würden, dass wir Geld einbrächten, das mit für unseren Unterhalt sorge, dass wir weiter Waisen sein müssten, damit das so bliebe.

Morgens gehen wir immer bei Onkel ██████s Wohnung vorbei, damit er unsere Stundenpläne kontrollieren kann. Noreen hilft mir, meinen aufzuschreiben. Noreen ist so schlau. Sie kriegt überall Einsen. Sammlerin guter Noten. Sammlerin von Auszeichnungen. Sie ist in den Sonderkursen für begabte Kinder. In der Schule ist sie so höflich. Niemand weiß, dass unsere Tage auf die Minute durchgetaktet sind. Wir wohnen nicht bei ihm, aber mein ganzer Tag liegt in seiner Hand.

Morgens, wenn ich meinen Stundenplan vorlege, durchquere ich sein Wohnzimmer, vollgestapelt mit Kisten über Kisten, über die ich nicht hinwegsehen kann. Ein kleiner, von ihm angelegter Schützengraben, ein Labyrinth aus Papier und Ordnern, durch das immer nur ein Mensch auf einmal passt. Verschiedene Gänge in verschiedene Zimmer der Wohnung. Jeder Gang eine pulsierende Ader. Jeder Gang führt zur Mitte zurück; ein Herz, das in den Leerraum zwischen all den Kisten gegraben wurde. Vom Herzen aus spähe ich in die anderen Zimmer. So viele Zimmer, angefüllt mit so viel Papier.

Noreen und Aisha treten beiseite, wenn ihre Stundenpläne genehmigt wurden. Ich reiche ihm mein Blatt. Eine Kakerlake zuckelt in einer Zimmerecke gemächlich die Fußleiste entlang. Als Onkel ███████s Blick über das Papier wandert, stockt mir der Atem. (Bitte, Gott, lass mich keinen Ärger kriegen.) Energisch streicht er etwas durch. Dann noch etwas.

Ihm gegenüber hängt ein vergrößertes Foto seiner Söhne. Sie stehen in Hemden im Wald. Vielleicht ein Campingausflug; ein Vater und seine Söhne, die etwas zusammen unternehmen. Wir waren noch nie campen. Wenn sie hier wären, würde ich sie fragen, wie es war. Aber sie sind nicht im Zimmer. Seine Söhne wollen uns nicht in ihrer Nähe haben. Das hat er uns gesagt. Und so bleiben wir, wo wir sind, von ihnen abgeteilt. Und sie, von uns abgeteilt. Zwei Seiten einer Grenze. Familie, und nicht.

Hier, entlässt er uns und gibt mir mein Blatt zurück. Wir wenden uns zum Gehen. Ich sehe mich noch einmal um.

Vor ihm ausgebreitet liegen Zeitungen, er hat Aktienkurse eingekreist, wettet. Er belauert die Zahlen mit den Augen einer Ullu, schiebt Geld hin und her. Der Schein des Fernsehschirms färbt seine Lider gelb, macht ihn krank.

Ich muss mehr verdienen, sagt er zu sich, sagt er zum Fernseher, sagt er, als er sich die geöffneten Arme seiner Frau vorstellt, seine Söhne in einem nagelneuen Auto, sobald sie alt genug sind, selbst zu fahren, scherzend mit ihren Freunden: *Ach, die alte Karre? Die hat Baba mir gekauft.*

Ich sitze neben einem Haufen Vogelkacke auf der Treppe und halte mein Blatt in der Hand, durchgestrichen und mit roter Tinte überschrieben. Die Kacke sieht fast so aus wie verschmiertes Eigelb: außen weiß, mit einem Klecks Schwarz und Grün in der Mitte. Meine Schwestern sind oben und machen bereits ihre Hausaufgaben. Ein schwarzes Kaninchen mit weißer Stirnblesse drückt die Schnauze gegen das Käfiggitter, die rosa Nase schnuppert, die Tasthaare ragen zwischen den Stäben hervor. Einen Käfig darunter läuft der Hamster in seinem Rad, stundenplanlos. Ein Hüttensänger landet auf dem Treppengeländer und tschilpt mich laut an. Ich stehe auf, jetzt schon müde. Ich gehe zur Flurecke und nehme mir den Besen, dessen Borsten feucht von Vogelscheiße sind.

In der Post liegen plötzlich Kontoauszüge, Bankkonten, in unserem Namen eröffnet. *Wir sind reich!*, sage ich zu Aisha und zeige auf die Briefe. *Wir haben ein Konto!* Das Geld unseres Vaters. So viele Nullen. Als wir mit den Zetteln in der Hand an Onkel ███████s Tür klopfen, schnappt er sie uns weg und schreit uns an, weil wir die Post durchgesehen haben. *Es gibt kein Bankkonto*, sagt er und schlägt uns die Tür vor der Nase zu. *Es gibt kein Geld.* Aisha guckt jeden Tag in den Briefkasten, ob neue Briefe da sind. Es kommen keine mehr. Die Briefe müssen hinter der verschlossenen Tür seiner Wohnung sein, irgendwo zwischen den sich stapelnden Kartons, in den Zimmern voller Papier, das all seine Geheimnisse birgt. Die Briefe müssen auf dem Schreibtisch liegen, neben der Matratze am Boden. Der Schein des Fernsehers trifft uns, die Augen einer Eule.

Ullu ki pathi, flüstert Aisha, und wir lachen. Erst später geht mir auf, dass wir unsere tote Mutter eine Idiotin genannt haben.

Ich habs nicht so gemeint, ich habs nicht so gemeint, schwöre ich dem Badezimmerspiegel, nicht sicher, wer mich hören kann.

Es kommen Schecks für uns an. Er nimmt sie sich. Das weiß ich, gesteht Aisha Meemoo, während er Zwiebeln in Ghee anbrät. Seine Stirn wirft Falten.

Alles, was zählt, ist, dass wir zusammen sind. Ihr seid doch glücklich, oder?, fragt er und zupft sie am Zopf.

———

Unser Dad hatte Geld. Wo ist es?, fragt Aisha. Meemoo seufzt und wendet die Zwiebeln.

Allah wird euch immer geben, was ihr braucht, sagt er ausweichend und fügt das Hühnchen hinzu.

Als wir neue Kleidung brauchen, nimmt Tante mich mit zum Stoffladen. Ich berühre Bahnen um Bahnen von Stoff, teure mit Goldstickerei und welche mit Paisleymuster. Meine Tante wählt einen hellgelben Stoff mit blauen Blümchen aus. Als wir schließlich in den Bus nach Hause steigen, geht schon langsam die Sonne unter. Der Mond kreuzt zur Party auf, halb voll, halb fort.

Was möchtest du haben?, fragt sie sanft und wickelt meinen Pferdeschwanz um ihren Finger.

Ein T-Shirt, antworte ich und denke an die Klamotten, die die Mädchen in der Schule tragen, die Shirts, die lauthals GAP schreien, das Geld, um sie zu kaufen.

Zurück zu Hause weichen wir im Flur den Vögeln und ihrer Scheiße aus, und ich mache ihr Tee, balanciere die Tasse, so gut ich kann, um nichts zu verschütten. Ihre Nähmaschine surrt, und sie reicht mir die Stoffreste. Ich schnipple und schneide und klebe ein Outfit für meine Barbie zusammen: einen kurzen Rock und ein trägerloses Top.

So was trägt sie?, fragt Tante und besieht sich mein Werk, während sie den letzten Stich am T-Shirt macht und es auf lose Fäden prüft.

Barbie ist nicht muslimisch, sage ich und halte sie ans Licht, betrachte die langen Plastikbeine, die unten aus dem Rock baumeln.

Im Park laufe ich hinter Meemoo her, dem Mann, den ich nicht Onkel nennen darf, weil der Onkel, der uns in den Zoo gebracht hat, wütend wäre. Einem Mann, den ich nicht Vater nennen darf, weil mein Vater von uns gegangen ist und ich noch immer darauf warte, dass er zurückkommt. Stattdessen denken meine Schwestern und ich uns einen Namen für ihn aus, eine eigene Sprache. *Meemoo*, sagen wir und rennen hinter ihm her, während er den Ball dribbelt. Nah am Wort für *Onkel* auf Urdu, aber nicht nah genug, dass man uns dafür anschnauzen könnte. Ganz in der Nähe sitzt unsere Tante auf einer Decke und sieht zu, wie wir rennen, wie wir zusammenkrachen. Die Sonne ist in Meemoo verliebt, lässt ihre Strahlen von seiner Haut federn, bereits braun, aber weiter bräunend. Meemoo, der in Lahore Journalist war. Meemoo, der plötzlich lossingt, *Subhan Allah, Subhan Allah!* trällert, wenn der Pfirsich genau richtig reif ist, wenn der Saft ihm mit dem ersten Bissen den Finger entlangrinnt. Meemoo, der jetzt im Kaufhaus ein paar Straßen weiter arbeitet, wo sie ihn in bar und schlechter bezahlen als die übrigen Angestellten. Meemoo, der beharrlich gespart hat, um ein Auto zu kaufen, in das wir uns alle hineinquetschen und durch die Vorstadt fahren können, das sich bunt färbende Laub betrachten. Meemoo, dessen Eltern gestorben sind, bevor er in dieses Land kam. Meemoo, der uns sagt: *Wenn man seinen Chai nicht mit Milch und Zucker trinkt, weiß man das Leben nicht zu genießen.* Meemoo, der Waise ist, wie wir. Meemoo, der uns gehört. Meemoo, zu dem wir gehören. Meemoo, uns voraus, der sich mit dem Ball freiläuft, unberührbar. Sogar als Aisha sein Bein zu packen versucht oder Noreen ihr Äußerstes gibt, um ihn zu überholen, ihm den Weg zu verstellen. Wir drei bleiben hinter ihm zurück, bis er ein Tor schießt, bis die imaginäre Menge tost und er siegreich auf die Knie fällt und wir hinrennen, übereinanderpurzeln, und über ihn.

Am Valentinstag basteln wir in der Schule Karten für unsere Eltern. Ich bitte um drei Stück. Ich streue pinken und weißen Glitzer darauf, puste und puste, hoffe, dass er halten wird. Wir haben ein neues Mädchen in der Klasse, Victoria, die aus Europa hergezogen ist. Sie hat große braune Augen und langes schwarzes Haar, ordentlich zum Pferdeschwanz hochgebunden. Sie sitzt neben mir, und die Lehrerin sagt ihr, sie soll sich ein Namensschild machen, damit alle ihren Namen lernen können. Statt nach den Filzstiften zwischen uns zu greifen, zieht sie ein durchsichtiges Plastikmäppchen aus ihrem Rucksack. Es ist voller Nagellackfläschchen. Sanft zieht sie den Lackpinsel in Kreisen übers Papier, fährt die Rundungen ihres Namens ab. Im Hintergrund malt sie einen Berg, jeder Grashalm ein eigener Strich. Mein Herz hämmert. Mein Notizheft mit der Ballonschrift, wegen der alle Kinder dachten, ich wäre eine Künstlerin, ist mit einem Mal wertlos. In meinem Körper gehen tausend Nadeln nieder. Die anderen Kinder ringsum sehen bewundernd zu uns rüber.

Wer hat dir das beigebracht?, flüstere ich.

Meine Mom, sagt sie, blickt auf, lächelt mich an. *Sie ist Malerin.*

Sie hat eine Mutter. Und Nagellack. Wenn ich mich bewege, spüre ich, wie die Nadeln von innen an meiner Haut kratzen.

Ich könnte dir die Nägel lackieren, sagt sie, die Augen unverwandt auf ihr Namensschild gerichtet.

Die Nadeln sparen mein Herz aus. Ich will die Goldfarbe, mit der sie die Sonne in der Ecke des Schildes malt. Aber die ist zu strahlend für mich. Ich bin keine Prinzessin. Vielleicht etwas Schlichteres. Ich deute auf ein Fläschchen Klarlack. Sie lächelt und steckt es in die Tasche.

In der Pause sitzen wir auf dem Asphalt, meine Hand in ihrer, ihre Augen ganz nah an meinem Nagel, sie untersucht ihn von allen Seiten. Zärtlich trägt sie den Klarlack auf. Während sie malt, beschwestert sie mich.

Wo kommst du her?, fragt sie.

Pakistan, sage ich, obwohl das nicht stimmt, aber ich weiß, dass jeder diese Antwort erwartet.

Wir sehen uns ähnlich, ein bisschen. Ich bin dunkler als sie. Unsere Augen nehmen den Großteil unserer Gesichter ein. Ihre Nase ist gerader.

Ich komme aus Sofia, sagt sie, und es klingt so hübsch.

Sofia: eine von Schnee bedeckte Frau, locker in einen Schal gehüllt.

Da will ich mal hin, sage ich.

Irgendwann nehme ich dich mit.

Und plötzlich: eine gemeinsame Zukunft, die auf uns wartet. Eine Zukunft, die alle Nadeln um mein Herz herauszieht, sie zu Geistern macht.

Nach der Schule lege ich die Grußkarten zwischen die Seiten meines Notizhefts, damit sie im Rucksack nicht verknicken. Für meine Eltern gibt es keine Karten. Keine Gräber, die wir besuchen könnten. Keinen Ort, um Karten abzulegen. Keine Möglichkeit, dass sie zurückschreiben. Auf dem Nachhauseweg bleibe ich vor Onkel ████s Wohnung stehen. Die blaue Tür. Das Papierlabyrinth im Innern. Ich ziehe seine Karte hervor und lasse die Hand vor seiner Tür in der Luft schweben. Mein Magen krampft sich zusammen. Ich lege sie hin und husche die Straße hinunter, zu Tante und Meemoo, ihre Karten in meiner Hand.

Onkel ▓▓▓▓ nimmt mich mit, als er Besorgungen im Baumarkt und bei der Bank macht. Die Valentinskarte erwähnt er nicht, aber er lächelt mich an, und ich glaube, das bedeutet, dass sie ihm gefallen hat. Ich bin eine gute Einkaufsgefährtin: still, in meiner eigenen Welt, so starre ich aus dem Fenster. Auf dem Rückweg hält er an einem kleinen Eckladen, um ein Lotterielos zu kaufen.

Ich stehe im Gang mit den Süßigkeiten und versuche, anspruchslos zu wirken, aber ich bin nah genug an der Schokolade, dass er mir etwas kaufen wird, wenn er mich schließlich holen kommt. Die Türglocke bimmelt, und ich höre Urdu; zwei Frauen, ungefähr so alt wie mein Onkel, betreten schwatzend den Laden. Sie sind makellos: taufrisches Schalwar Kamiz, Dupattas modisch um die Schultern gelegt statt über den Kopf. Als sie ihn sehen, sagen sie ihre Salaams und erkundigen sich nach seinen Söhnen und seiner Frau.

Onkel ▓▓▓▓ spricht mit Bedacht, stellt die Leistungen seiner Söhne selbstbewusst und im Detail heraus. Es klingt so wunderbar, das Leben, von dem er erzählt, in dem er mit ihnen in der Vorstadt lebt statt in der Wohnung bei uns um die Ecke. Zappelig schiebe ich mich in ihren Gang, und sie schauen zu mir.

Oh, ist das eine von den –

Das brauchen wir vor ihr nicht zu besprechen, sagt Onkel ███
mit warnendem Blick, beschützerisch, ein mich überspülen-
der Schutzschirm.

———

Sie ist wie eine Tochter für mich, sagt er mit geschwellter Brust.
Und ich fühle es, seine Tochter, wie seine Brust mich in Liebe
rühmt. Die einzige Art, die er kennt. Ich, seine Tochter, in
einer von ihm getrennten Wohnung, genau wie seine Söhne,
in einem anderen Haus. Er beansprucht mich. Ich gehöre ihm.
Und ich will es.

Maschallah, Bruder, du tust so viel. Ihre Ehrfurcht tränkt den
Gang.

Der Mann, der euren Vater umgebracht hat, ist tot,

sagt Tante eines Tages auf Urdu zu mir, als sie mir das Haar einölt, ihre Finger meine Locken zusammenfassen, sie befeuchten und glätten. Tot. Ein Wort, das ich schon mein ganzes Leben lang höre, ein Wort, das ich nicht begreife. Sie sagt es, und mein Körper ist vollkommen kühl, als hätte sich nichts verändert. Die Wörter fühlen sich weit weg an, Wörter, die ich nicht begreife, Wörter, die ich nicht berühren kann.

Er war krank, glaube ich, fügt sie sanft hinzu und hält kurz inne. Zum ersten Mal denke ich an den Mann außerhalb der Worte der Erwachsenen, außerhalb dessen, was er, wie ich weiß, getan hat. Krank. Wie wenn ich krank werde. Er, hustend. Dal ohne alles mit Roti. Jemand, der ihm den Rücken einreibt. Mein Gehirn fühlt sich weit weg an. Ein wenig Nebel um mich. Ich spüre, wie sie mich von hinten beobachtet. Nicht mehr auf mein Haar guckt, wie vorher, ehe sie geredet hat, sondern mich beobachtet.

Oh, sage ich, weil ich weiß, dass sie etwas von mir hören will. Um uns herum wartet die Luft. Sie gibt mehr Öl auf ihre Hände und reibt mir die Kopfhaut ein, bevor ihre Finger erschlaffen.

Im Leben ist es gut, wenn man vergibt. Und dann vergisst. Ihre Worte kommen langsam, das Urdu ein Singsang, eine Hand zurückhaltend auf meiner Schulter. Ich sage nichts. Lasse jede Strähne aus Schweigen durch die Luft ziehen, eine eigene Locke, die geölt werden will.

Wir drei laufen unter den Vögeln vorbei, die über uns im Flur flattern, unsere Decke mit Farbe verdichten. Sie zwitschern, und wir wieseln die Stufen hinunter, weichen ihrer Scheiße aus. Unsere Rede haben wir vorbereitet; vor dem Spiegel genau eingeübt, wer was sagen soll. Tante und Meemoo haben ihn schon gefragt, und er hat nein gesagt. Hat gedroht, sie bei der Greencard-Behörde anzuzeigen, falls sie ihn weiter belästigen. Tante und Meemoo auf einem Drahtseil zur Staatsbürgerschaft. Ich, Aisha und Noreen, wir sind Staatsbürgerinnen. Von daher irgendwie sicher. Wir marschieren die Straße entlang zu seiner Wohnhöhle, der verschlossenen Tür. Wir klopfen, und niemand öffnet. Weil wir nicht mit leeren Händen umkehren wollen, beschließen wir, das zu tun, was uns, wie wir wissen, verboten ist: in die Vorstadt gehen, wo seine Söhne und seine Frau wohnen, um nach dem zu fragen, was gebraucht wird. Was uns versprochen wurde.

Noreen kennt den Weg. Er hat ihn ihr einmal gezeigt, für Notfälle. Die Busfahrt nach der letzten Bahnstation und den langen Fußweg über Straßen ohne Bürgersteige, nur mit Gras am Rand. Als wir ankommen, tun mir die Beine weh, Noreen schleift mich praktisch hinter sich her.

Du bist so was von nervig, zischt sie, und ich weiß, so lautet ab jetzt mein Name.

Als wir ankommen und davorstehen, staune ich. Wir haben die Grenze überschritten. Es ist ein ganzes Haus. Davor ein gepflegter Vorgarten, und all das Grün zieht sich weiter nach hinten, wo es wahrscheinlich noch mehr Grün gibt. Der Duft von frisch gemähtem Gras liegt in der Luft. Ein üppig belaubter Baum spendet einer Bank vor dem Haus Schatten, umgeben von rosa Blüten. Es ist ruhig. Anders als die Doppelhaushälfte, als wir noch in Philly lebten, wo wir die Nachbarskinder im Park schreien hörten, und anders als die Wohnung, in der wir jetzt sind, mit Bäumen, die in ihren vorgesehenen Löchern im Gehweg feststecken. Das hier: ein ganzes Haus, ein ganzer Vorgarten, ein ganzer Garten dahinter. Ausgewachsene Bäume. Die Äste tanzen im Wind. Die Vögel, frei, zwitschern laut, kreisen hoch über uns. Das Haus gehört in ein Magazin über Häuser, mit seinem dunkelbraunen Holz, jede Schindel an ihrem Platz. Ein paar Blumen rund um den Briefkasten, der Duft weht zu uns herüber, gewässert und lebendig.

Abrupt gleitet oben ein Vorhang zur Seite, und ich sehe die beiden. Der eine ist ein wenig älter als Noreen, einer der Söhne meines Onkels, den wir noch nie getroffen haben. Das Haar ordentlich geschnitten, vorn schräg in die Stirn fallend. Er hat ein rundes Gesicht, genau wie Onkel ███████, den gleichen überheblichen Blick, ein zorniges Aufblitzen, als er uns entdeckt. Der Jüngere steht neben ihm. Er ist ungefähr so alt wie ich, hat ein schmaleres Gesicht, eckiger. Und so rasch, wie der Vorhang aufgezogen wurde, wird er auch schon wieder geschlossen, so schnell, dass ich mich frage, ob ich mir die beiden ausgedacht habe.

Was jetzt?, fragt Aisha betreten.

Klingel, fordere ich sie auf, verblüfft von der plötzlichen Zuversicht tief aus meinem Innern. Und auf einmal komme ich mir bestohlen vor, als stünden dieses Haus und dieser Rasen mir zu. Als hätte man mir meinen Vater gestohlen.

———————

Zögerlich schieben wir drei uns vorwärts, unsere Billigschuhe von Payless trampeln über die perfekt gepflegten Grashalme. Aisha streckt den Finger vor und drückt die Klingel, das Schrillen prallt innen von den Wänden ab und springt zu uns zurück.

Klingel noch mal, drängt Noreen, und Aisha tut es, aber diesmal ist ihr Finger nervös, die Klingel nicht ganz so selbstsicher, als sie zu uns herausdringt. Sekunden dehnen sich zu Minuten, wir blicken zu Boden, auf die Blumen, aufs Gras, auf alles andere als die Scham in den Augen der jeweils anderen.

Ihre Schritte sind so leise, dass es uns überrascht, als die Tür aufgeht. Die Frau, Onkel ████s Ehefrau, wirkt unscheinbar, und ihr Gesicht sieht zusammengekniffen aus, alle Züge schwimmen zur Nase hin. Ihre blassrosa Haut hat sie in einen Blazer gehüllt, dazu lachsfarbene Nägel. Das schmutzig blonde Haar ist strähnig, zum Knoten gebunden, der Mund ein schmaler Strich, als sie uns ansieht. Weiß, nicht wie wir. Man kann sich schwer vorstellen, wie Onkel ████ neben ihr steht, ihre Hand hält, ihr das Haar aus den Augen streicht. Ihre Welpen stehen hinten im Flur. Alle Flächen hinter ihr sind makellos, die Böden sauber. Im Haus ist so viel Licht, nichts zu verstecken.

Wir brauchen Geld. Für Lebensmittel, stottert Noreen, gibt sich trotzig, mit verschränkten Armen.

Die Sonne funkelt auf uns herab, entblößend. Kein Mond in Sicht. Ich fahre beschämt mit meinem Turnschuh über den Boden. Aisha kneift mich ins Bein, und ich zucke zusammen, stelle mich gerade hin. Und die Frau starrt uns bloß an, als würde sie ein mäßig interessantes Fernsehprogramm verfolgen, dessen Handlung ihr bereits teilweise entfallen ist.

Als sie die Tür schließt, rennt Noreen davon, getragen von ihren langen Beinen.

Warte, warte!, schreie ich, erreiche aber nur ihr um die Ecke wehendes Haar.

Als wir mit leeren Händen zurückkommen, lächelt Meemoo. Er lacht, hebt mich hoch und wirbelt mich durch die Luft. Tante streicht Aisha übers Haar, zähmt eine wilde Locke. *Schon okay, Beta. Wir lassen uns was einfallen.* Ich schlinge die Arme um seine Schultern, und seine Arme verwandeln sich plötzlich in ein Bett. Meine Beine können endlich ruhen.

Am nächsten Tag ist Meemoo von morgens bis abends fort und arbeitet Zusatzschichten. Als er nach Hause kommt, drängen wir uns an der Wohnungstür und erwarten ihn. Er tätschelt jeder von uns den Kopf, zieht uns sanft an den Zöpfen und schläft ohne Abendessen ein.

Nachts im Schlafzimmer schmiegen Noreen und Aisha sich auf Aishas Matratze zusammen. Sie spähen zu meiner Flamme im oberen Stockbett hoch. Die alte Wut ist wieder da. Schichten neuer Wut überdecken sie. Ich will jemandem wehtun. Mein Stachel schneidet einen Kreis um mich herum. Mein Stachel sucht etwas, in das er hineinschlagen und es bluten lassen kann.

Sollen wir Tante und Meemoo holen?, fragt Aisha mit aufgerissenen Augen.

Noreen schüttelt den Kopf.

Ich versuche, meinen Blick auf etwas zu richten, irgendetwas, das mich beruhigt. Aber ich sehe nur Noreen und Aisha, die ängstlich unten kauern. Ein Schwall aus dickem schwarzem Rauch strömt mir aus dem Mund. Ich weiß nicht einmal, was ich sage. Und doch speit es. Dieses andere Ich, das Besitz von meinem Körper ergreift. Dieses Ich, das jeden zum Zuhören zwingt.

Ich verschaffe Ihnen Zutritt zum Himmel, sage ich zu dem Mann vorm Masdschid, der neben seinem geparkten Auto herumsteht und hastig seine Zigarette ausdrückt, damit seine Frau sie vor dem Dschuma-Gebet nicht sieht. Es war Aishas Idee, Geld beim Masdschid zu organisieren, damit Meemoo nicht noch mehr Schichten arbeiten muss. Es ist genial.

Ich bin Waise, füge ich hinzu, strecke die Hand aus, mein Zopf löst sich auf.

Jeder, der bereit ist, mich zu lieben, erhält garantierten Zugang ins Dschanna. Ich lege den Kopf ein wenig schief und tippe mit dem Fuß auf, Sekunden ticken dahin, bis der Adhan erschallt und alle ihre selbst gewählten Winkel verlassen, das Knacken von hundert Knien die Luft erfüllt. Der Mann hebt die Brauen und starrt mich einen Moment an, ehe eine Stimme zu ihm dringt, seinen Namen ruft. Seine Frau, mit um den Hals geschlungenem Dupatta, steht auf der anderen Seite des Parkplatzes und hält wie ein verwirrtes Huhn nach ihm Ausschau.

Ich hab Sie rauchen sehen, sage ich, noch immer mit ausgestreckter Hand, bis er in die Tasche greift und einen zerknitterten Geldschein hervorzieht, ihn geradezu nach mir wirft. Dann ist er fort, wuselt zurück zu der Frau, zu der er gehört. Hier gehört jeder zu irgendwem.

Auf meinem Weg zurück zu Aisha und Noreen muss ich zwei-mal hinschauen: Da ist Onkel ████s ältester Sohn, seine Kurta ist frisch gebügelt und schreit ihre Neuheit in die Welt. Ein hellhäutiger Junge, fast weiß, aber nicht ganz, mit Onkel ████s Gesicht. Abgesehen von der Farbe fügt er sich perfekt zwischen die anderen Kinder ein: beeltert, begütert, zugehö-rig. Seine Augen richten sich auf mich, wandern von dem zusammengeknüllten Geldschein in meiner Hand zum aus-gefransten Shirtkragen. Seine Mutter läuft voraus auf den Masdschid zu und hält ihren jüngeren Sohn an der Hand. Sie sehen mich nicht. Der Ältere dreht rasch den Kopf und rennt los, um seine Mom einzuholen.

Meine Finger in Noreens Haar, während sie rennt und ich auf ihrem Rücken auf und ab hüpfe. Auf der anderen Straßenseite johlt Aisha, läuft Schlangenlinien, ihr Rucksack baumelt locker von einer Schulter. Auf dieser Welt wurden wir ins Nichts geboren, aber alles gehört uns: der Bürgersteig, die gelben Straßenmarkierungen. Der Regen fällt durchs Laub und küsst uns auf perfekte Weise. Was niemand je begreifen wird: Die Welt gehört den Waisen, alles wird zu unserer Mutter. Wir werden von allem bemuttert, weil wir wissen, wie man die Bemutterung sucht, weil wir wissen, dass eine Mutter uns verlassen könnte und wir eine neue brauchen werden, die einspringt und übernimmt. Der Baum muttert seinen Schatten auf uns. Die Restauranttür, leicht angelehnt, muttert ihren Keksduft zu uns heraus. Das blinkende Ampelmännchen leuchtet lang genug, um uns über die Straße zu muttern. Die Sonne muttert Noreen, wärmt ihre Haut; der Bürgersteig muttert Aishas Knie, küsst es, als ihr Körper aufs Pflaster aufschlägt, eine Liebe so stark, dass sie Spuren hinterlässt. Der Regen muttert uns schneller nach Hause. Die Flurvögel muttern ihre Käfige. Der Hamster muttert sein Rad. Alle Mütter der Welt strecken die Hand nach den Mutterlosen aus. Und Noreen unter mir wurde dazu gemacht, mich zu muttern, mein Herz pocht gegen ihren Rücken, schreit so laut, dass es mein ganzes Sein erfüllt: *Du wirst gehalten, du wirst gehalten, du wirst gehalten.*

Warum habt ihr das gemacht?, fragt Meemoo, als wir ihm unsere eingesammelten Geldscheine zeigen, kaum genug für eine Mahlzeit vom Eckladen. Stolz stehen wir nach einem langen Arbeitstag da. Seine Scham strahlt von ihm ab, lässt den Mond verschwinden; abgesehen von den Straßenlaternen wird der abendliche Himmel ganz leer. Und plötzlich ist unsere tolle Idee gar nicht mehr so toll.

Natürlich hat sein Sohn uns verpetzt. Onkel ▆▆▆▆ stampft in unsere Wohnung, seine schweren Stiefel kündigen sich auf jeder Treppenstufe an, trampeln fürchterlich. Er kommt, als Meemoo bei der Arbeit und Tante beim Einkaufen ist.

Ich hab euch doch gesagt, ihr sollt niemals dorthin gehen, geifert er, eine feine Spuckefaser hängt ihm von der Spitze des Eckzahns.

Ich habe keine Ahnung, welches »dort« er meint: das Zuhause seiner Söhne oder den Masdschid. Beides Orte, wo uns der Zutritt verboten ist, weil wir sind, was wir sind, weil wir alles durch unsere Berührung beschmutzen. Weil er der Mann mit Familie und dem himmelblauen Cadillac sein will, der Mann, dem jetzt jeder im Masdschid zulächelt, weil er sich um Waisenkinder kümmert und seine Söhne auf die Privatschule schickt. Aber würden sie uns wirklich einmal sehen, kämen jede Menge Fragen auf. Fragen zu unserem Gratisessen, Fragen zu unseren Secondhandklamotten, zu unseren Payless-Schuhen voller Vogelkacke.

Er sieht über uns hinweg zu der verschlossenen Tür, zu Meemoos und Tantes Zimmer, und mein Herzschlag dröhnt mir in den Ohren.

————

Es war nicht ihre Schuld. Es war unsere Idee, sagt Noreen.

Wir, immer nur wir. Für einen Augenblick schaut Onkel ▓▓▓▓ sie an, ehe seine Hand nach oben schnellt. Mein Blick richtet sich auf das sanft flackernde Deckenlicht, ein bisschen matter als gestern, und Noreens Wimmern dringt an mein Ohr.

Er sitzt neben Noreen auf ihrem Bett, dem unteren Stockbett. *Warum tust du das? Du bist doch sonst so brav.* Seine Stimme klingt so ruhig, dass sich mir die Nackenhaare aufstellen.

Hast du Sex? Verlierst du den Verstand?, fragt er, und seine Augen bohren sich in sie hinein.

Im zweiten Schuljahr hat ein Mädchen aus meiner Klasse, LeLe, zwei Barbiepuppen genommen und sie aufeinandergelegt. *Sex*, hat sie geflüstert und die Plastikhüften gegeneinandergestoßen, die Puppenbeine verschlungen.

Nein, erwidert Noreen.

Ich weiß nicht einmal, ob Noreen weiß, was Sex ist.

Wenn du Sex hast, kommst du in die Hölle, sagt er, dräuend über ihr.

Tum mera dimag kha rahe ho, sagt er, mit schäumender Spucke im Mund.

Und ich sehe es vor mir: Sein Gehirn wird aufgefressen, wir drei, kleine Ungeheuer, kleine Zombies, mit knirschenden Zähnen.

Aber eine gute Idee ist es doch, der Masdschid. Onkel ██████ übernimmt sie, fährt bei jedem Dschuma-Gebet hin, wenn der Parkplatz so voll ist, dass die Leute sich gegenüber beim Taco Bell hinstellen müssen. *Die Kinder meiner Schwester sind zu Waisen geworden und ganz allein. Ich kümmere mich um sie,* erzählt er den Männern, während sie Chai schlürfen, auf leisen Socken über den Teppich laufen. Und die Männer blicken bekümmert auf den Bhai vor ihnen, ein Heiliger, der sich um die Alleinigen kümmert. Und sie gehen zurück zu ihren Frauen, *Stell dir vor, beide Eltern tot, und noch so jung, schrecklich,* und die Frauen öffnen ihre Geldbörsen, der schreckliche Tod erwischt alle unvorbereitet, schnürt Kehlen zu, während das Geld direkt in Onkel ██████s ausgestreckte Hand fließt.

Gott gehört euch, sagt Tante, als sie uns das Beten beibringt. Wir knien auf dem Dschanamas. *Gott gehört euch, ihr braucht keinen Masdschid.* Sie bringt uns bei, nach der Schule selbst den Koran zu lesen, die anderen braunen Kinder aus unserem Haus kommen dazu und sitzen mit uns auf dem Boden, alle mit einem Koran in der Hand. Wir stottern uns durch die Buchstaben. *Gott kann euch niemand wegnehmen*, sagt sie. Jeden Morgen quälen wir uns aus dem Bett, obwohl ich weine, weil mein Bett warm ist und ich meine Decke vermisse. Auch nach der Schule wartet der Koran auf uns, und wir lesen. Tante will, dass wir immer wieder den gleichen Vers rezitieren, keine von uns kriegt ihn richtig hin. Bald kommen auch die braunen Kinder aus der Nachbarschaft, weil ihre Eltern arbeiten und sie irgendeine Beschäftigung brauchen. Unsere Wohnung ist voller kleiner brauner Kinder und ihren Koranen. Amir, ruhig in seiner zartgrünen Kurta, schaut aus dem Fenster. Mina mit der ständig rotzverkrusteten Nase. Sara mit den langen Haaren, die sich aus ihrem Zopf kräuseln. Najma mit der Reibeisenstimme, die klingt wie tausend knarzende Bäume, wenn sie aus dem Koran vorliest. Langsam kreist der Deckenventilator und kühlt uns kein bisschen. Unser behelfsmäßiger Masdschid, die in Dupattas gehüllten Köpfe gesenkt, unsere Stimmen miteinander im Wettstreit.

Mein Baba sagt, euer Onkel ███████ *ist ein Lügner*, flüstert Amir mir eines Tages in der Koranstunde zu, als Tante vorn sitzt und uns immer wieder den gleichen Vers wiederholen lässt, sodass all die Kinderstimmen Amirs Worte überdecken.

Er sagt, Tante und Meemoo sind eure wahre Familie. Und euer Onkel ███████ *ist ein Lügner. Er belügt den Masdschid und behauptet, er würde sich um euch kümmern.* Seine großen braunen Augen suchen meinen Blick, wollen wissen, ob ich ihm die Wahrheit sagen werde.

Alle geben ihm Geld für euch. Aber das würden sie nicht mehr machen. Wenn sie Bescheid wüssten, meint er leise, mit nach unten weisenden Mundwinkeln, süß.

Vielleicht kann ich ihm trauen.

Vor mir bewegt sich Aishas Kopf in ihrem Dupatta auf und ab. Ich denke daran, wie eine Wahrheit uns auseinanderreißen könnte. Wie eng meine Kehle sein muss, damit wir zusammenbleiben. Wie ein Vogel, der einmal das Fliegen gelernt hat, draußen im Flur bleibt. Und man ihn nie wieder in den Käfig zurückkriegt.

Inna l-laziina yaakuluuna amwaala l-yataama zulman innama yaakuluuna fi butuunihim naaran wa sa-yasiluuna saiiran, lese ich mit Mühe und richte die Augen auf den Koran, stimme mit all den anderen ringsum ein.

Im Halal-Markt hängen große Fleischstücke von der Decke. Der Geruch nach altem Blut ist übermächtig, also bleibe ich hinten bei den Kühltruhen und gucke mir das Eis am Stiel mit Mangogeschmack an. Vorne zählt Tante die Scheine in ihrem Portemonnaie und reckt den Hals über die Theke, vergleicht Preise. Die Augen des Metzgers huschen von mir ganz hinten zu ihr.

Baji, du lehrst die Kinder den Koran, nicht wahr?, fragt er, während er Bottiche mit Eingelegtem stapelt.

Unser behelfsmäßiger Masdschid. *Haan*, Tante nickt und mustert weiter das Fleisch. Ich stelle mich zu ihr, mit dem Mangoeis in der Hand, und frage mich, ob ich es wohl haben darf oder ob sie es mir verbietet, weil wir dann auch Noreen und Aisha eins mitbringen müssten.

Danke, Schwester, sagt er und packt das Fleisch sorgsam in eine Tüte. Er bemerkt das Eis in meiner Hand und lächelt.

Wir gehen aus dem Laden, die Tüte mit Ziegenfleisch in Tantes Hand. Die Scheine sind noch immer in ihrem Portemonnaie, obwohl sie mit dem Metzger diskutiert und versucht hat, dafür zu zahlen. Ich bin ganz auf das Eis fixiert und bemühe mich, es aufzuessen, bevor wir zu Hause ankommen. Bevor Noreen und Aisha es sehen.

Aisha glaubt, sie wäre zehnmal größer als alle anderen, aber ihre Finger sind zart und schlank. Auch lang. Finger, die sie zusammenballt und ins Kissen rammt. Sie zeigt den Erwachsenen die Zähne und schafft es trotzdem, süß dabei zu wirken, entlockt ihnen trotz allem ein bezaubertes Gegurre. Ganz Biss. Ganz Gebell. Um nach der Schule nicht sofort nach Hause zu müssen, belegt sie so viele kostenlose AGs, wie sie nur kann. Und so sitzt sie schließlich hinter dem Cello, das mindestens doppelt so groß ist wie sie. Ich, Noreen, Meemoo und Tante sind bei ihrem Vorspiel im Publikum und sehen zu, wie sich die Bögen all der Kinder in unterschiedliche Richtungen bewegen. Chaos. Und doch fließt Aishas Bogen ganz friedlich über die Saiten, wie Wasser. Ihre Knie halten das Cello an seinem Platz. Sie umschließt es sanfter, als ich sie je irgendetwas habe berühren sehen. Das Bühnenlicht trifft sie auf genau die richtige Weise, den langen Hals, die halb geschlossenen, flatternden Lider, und das Lied strömt von ihren Händen.

Es lässt mich zerfließen, ihr Lied. In meinem Geist, ein Hafen. Ein an den Steg gebundenes Boot. Schildkröten paddeln umher. Ihre Beinchen kraulen voran durch die Algen. Dort könnte ich leben, auf diesem Boot, der Himmel klar und weit. Ich müsste überhaupt nichts tun. Ein wenig Essen. Ein paar Spiele. Ein Buch. Der Mond. Die Fische machen Fischkrams. Das Meer meert. Wo alles so klar ist.

Bei LeLe ist Übernachtungsparty, und ich schlafe als Erste ein. Sie tauchen meine Hand in Wasser, damit ich ins Bett mache und sie allen erzählen können, dass ich noch ins Bett mache. Kurz vorher haben sie mich ständig gefragt, wo ich herkomme. Wo ich *wirklich* herkomme. Ich habe geweint, und LeLe hat die Augen verdreht. Jetzt liegt meine Hand im Wasser, und ihr Kichern plätschert durchs Zimmer; sie lauern wie Löwinnen im hohen Gras. Das könnte mein Ende sein. Ich schlafe tief in meiner eigenen Traumglückseligkeit. Meine Finger im Glas ziehen Wasser, die Fingerspitzen werden zu Dörrpflaumen. Jeden Augenblick wird das Bett ganz von meiner eigenen Flüssigkeit durchtränkt sein.

Hört auf, sagt sie von hinten, beim Schrank. Ariel, aus meinem Jahrgang, aber in einer anderen Klasse, mit einem Schlafanzug voller Gummientchen, die ohne mich als Erste eingeschlafen wäre. Sie krabbelt vor, die anderen Mädchen beobachten sie mit hochgezogenen Augenbrauen. Sie nimmt meine Hand aus dem Glas, und bei der Berührung heben sich zitternd meine Lider, ihr Gesicht füllt mein Blickfeld aus. Sie kriecht neben mich ins Bett und legt den Arm um mich, kuschelt sich mühelos in Position. Eine weitere Schwester.

Bist du in Lahore geboren, wie mein Baba?,

frage ich Onkel ████████ vom Beifahrersitz seines blauen Cadillacs, als sein riesiger Wagen nach der Übernachtungsparty von LeLes Haus wegfährt. Schütteres Haar, dünne Strähnen über der Kopfhaut. Sein buschiger, ergrauender Bart. Blick auf die Straße.

Nein. In Kaschmir. Bevor Pakistan ein eigenes Land wurde. Dort bin ich später hingekommen.

Die Ampel springt auf Rot. Das Auto wartet, atmet.

Wieso bist du nach Pakistan gegangen?

Seine Finger umklammern das Lenkrad. Die Ampel springt auf Grün. Er bewegt die Hand zum Radio. Fummelt am Lautstärkeregler.

Ich will nicht mehr, dass ihr so viel Zeit mit Tante und Meemoo verbringt. Das verwirrt die Leute, sie wissen nicht, wer für euch zuständig ist, meint er, die Augen geradeaus gerichtet.

Geht einfach direkt in euer Zimmer, okay? Du und deine Schwestern, fügt er noch hinzu, und ich starre nach draußen,

die Bäume sind in ihre kleinen Zuhauses im Bürgersteig ein-
gepfercht, der Beton drückt sich dicht an sie heran, kein Raum
zum Wachsen.

Ich verliebe mich in einen Jungen, der nichts mit mir zu tun haben will. Bobby Perez, mit den perfekt auf den Kopf rasierten Wolken. Sein ganzer Kopf ist der Himmel, und ich schreibe seinen Namen in mein Notizheft. In der Pause, beim Baseballfeld, beobachte ich, wie die anderen Jungen sich um ihn scharen. *Bobby + Kausar*, schreibe ich mit meinem pinken Gelstift, umkreise die Namen mit einem Herz. Für unsere Aufführung der dritten Klassen lernen wir »Ain't No Mountain High Enough«, mit Handbewegungen und allem. Dabei denke ich an ihn, an seinen perfekten Wolkenkopf über den Bergen, der das Tal beschirmt. Seinen perfekten Kopf, der den breiten Fluss lenkt, all meine Handbewegungen voll Hingabe an Bobby.

Was guckst du dir da an, Pocahontas?,

fragt er, und ich senke den Blick und schlage das Heft zu. *Pocahontas* ist mein Lieblingsfilm, aber aus seinem Mund klingt es wie eine Beleidigung. Sie ist Indianerin, schätze ich, und ich bin Inderin, schätze ich. Ich werfe meinen langen Zopf über die Schulter und grabe meine Billigschuhe, die vier statt drei Streifen haben, in den Dreck. Ich habe sie mir ausgesucht und gebetet, dass niemand den Unterschied bemerkt, dass meine Füße ganz schnell wirbeln und die Streifen verschwimmen lassen. Aber natürlich haben alle es bemerkt.

Tante und Meemoo konnten nicht verstehen, warum ich sie umtauschen wollte.

Unglaublich, dass sie denkt, er mag sie. Samantha, das beliebteste Mädchen in meiner Klasse, hält Hof mit ihren Freundinnen. Sie alle starren mich an.

———

Bobby und seine Freunde rennen raus auf den Baseballdiamanten. Die Wolken auf seinem Kopf sind lebendig, frisch, keiner kann über was anderes sprechen. Ich gehe nach Hause und denke den ganzen Tag daran, zeichne eine Wolke neben die andere, schichte sie auf, bis mein Heft nur noch aus Wolken besteht, bis ich im Himmel bin.

Warum bleibt ihr da?, frage ich Meemoo, als wir bei Costco unsere Runden drehen und alle Probierhäppchen ohne Schweinefleisch kosten. Tante umflattert den Einkaufswagen wie ein Spatz sein Nest. Ich male mir aus, wie ihr Leben ohne uns aussähe, ohne Onkel ███████s langen Schatten, der auf alles fällt, was wir berühren. Ein Leben aus Immerfort-Eis-Essen, ein Leben, in dem sie sich ein teureres Auto leisten könnten, ein Leben voll neuer Klamotten. Meemoo schaut zu mir runter, seine Höhe versetzt ihn in eine andere Welt, die Wut blitzt so rasch in seinen Augen auf, dass sie mich überrascht.

Frag mich nicht so was,

sagt er und wirft seine Serviette in den Abfalleimer. Von dem Dip, den wir probiert haben, ist sie voller Hummus, zu erdnussig für uns beide. Schweigend gehen wir zu den anderen zurück, die Wut, die rund um Meemoo pulsiert, wird schwächer, ein Dammbruch. Er legt mir die Hand auf die Schulter und zieht mich zu sich heran.

Ihr seid das Beste an meinem ganzen Tag,

sagt er und guckt mich dabei nicht an, schaut stattdessen auf die Handschuhe zu seiner Rechten, so dick, dass man darin nicht mal die Finger beugen könnte. Ich sehe nach vorn und entdecke Tante in der Warteschlange. Sie winkt uns zu und fragt, warum wir so lange gebraucht haben.

An meinem zehnten Geburtstag nimmt Onkel ██████ mich und meine Freundinnen mit zu United Skates of America. Noreen und Aisha teilen sich den Beifahrersitz, und ich, Victoria, Ariel, LeLe und drei weitere Mädchen aus meiner Klasse sitzen hinten. Victoria, Ariel und ich hocken am Boden des Cadillacs, die vier anderen drängen sich auf der tiefen hinteren Sitzbank. Jedes Mal, wenn wir über ein Schlagloch fahren, macht der Wagen einen Hopser, alle Mädchen kreischen, und Noreen und Aisha vorne kichern. Onkel ██████ lächelt und lenkt routiniert den Wagen, schaut manchmal im Rückspiegel nach uns.

In der Eishalle gleiten wir übers Eis, und er sitzt am großen Geburtstagstisch und filmt uns mit seinem Camcorder. Jedes Mal, wenn wir an ihm vorbeikommen, lächeln und winken wir. Er hat uns einen großen Topf mit Spielchips gekauft, damit wir hinterher an den Automaten daddeln und versuchen können, mit der metallenen Greifzange Plüschtiere zu angeln.

Dein Onkel ist so cool, sagt Ariel und hält meine Hand, während wir zwei übers Eis stolpern und uns abmühen, zu Victoria aufzuschließen.

Ich gucke zu ihm rüber und sehe, was sie sieht: die Sonnenflecken auf seinem Gesicht, den übergroßen Mantel, die Spielchips vor ihm auf dem Tisch, das Blitzen der Kameralinse, wenn wir an ihm vorbeigleiten. Seine Zeit hier mit uns, offen, unbefristet, ein ganzes Universum. Nicht die Kinder, die er sich wünscht, aber die, die eben da sind. Keine Ehefrau, die die Spielregeln festlegt. Nur er und wir. Sein Lächeln, so strahlend, dass es sich echt anfühlt.

Nach dem Abendessen übt Aisha Cello, und wir sitzen alle dabei und sehen ihr zu. Der Bogen trifft auf die Saiten. Das tiefe Summen erreicht meine Fußsohlen und wandert jeden einzelnen Wirbel meines Körpers hinauf. Ich bin wieder auf dem Boot. Der Himmel ist so klar. Und über mir, das schwöre ich, kann ich ihn spüren. Meinen Dad. Der ganze Himmel lächelt sein Lächeln.

NoreenAishaKausar!, schreit Tante den Gang der Videothek entlang, ruft uns alle oder nur eine von uns.

Sie knüpft unsere Namen aneinander, lässt unsere Haut in eine zerfließen, unsere Herzen ordnen sich eins neben dem anderen an. Wir werden zu einem Herzen, sechs Armen, sechs Beinen, drei Köpfen.

NoreenAishaKausar, ruft sie noch einmal, und wir bewegen uns zur Kasse, vor der sie steht, ihr Finger tippt sanft auf eine Videokassette, während wir die Arme vorstrecken und unsere eigene »Auslese« unterzubringen versuchen, dabei gegen den Süßigkeitenständer stoßen und ihn fast umwerfen.

Hört auf! Wegen euch kriege ich noch Bluthochdruck, schimpft Tante und fasst sich ans Herz.

Und weil niemand der Grund für zu hohen Blutdruck sein will, lassen wir von unserer Auswahl ab und schielen rüber, was sie wohl ausgesucht hat. Wieder einen Horrorfilm.

Nach dem Abendessen sitzt Tante im Dunkeln in ihrem Zimmer, den Schein des Fernsehers auf dem Gesicht. Wir drei kriechen zu ihr hin. Sie tut, als müsste sie loskreischen, damit wir denken, wir hätten sie erschreckt. Ich mache Popcorn und zähle die Sekunden zwischen jedem Plopp, um abzuschätzen, wann es fertig ist, sodass es mir nicht anbrennt. Unser aller Hände stoßen in der Tüte aneinander. Ich warte darauf, dass die anderen fertig werden, damit ich die Butter vom Papier lecken kann.

Jedes Mal ist es ein anderer Film: die Zwillingsmädchen, die aus ihren identischen blauen Kleidern starren, die Flecken auf Fotos, die die Anwesenheit eines Dämons verraten, der Clown, der seine Finger aus dem Gully streckt. Und wir drei, deren Namen ineinanderfließen, unser dreifacher Herzschlag, unser vermonsterter Körper, unsere sechs Augen, die zu unserer Tante blicken, um herauszufinden, ob sie sich fürchtet.

Zu verängstigt, um nach dem Film in unserem eigenen Zimmer zu schlafen, bleiben wir in Meemoos und Tantes Zimmer auf dem Boden, all unsere Decken und Kissen um uns herum aufgetürmt. Tante und Meemoo, der inzwischen von der Arbeit zurück ist, liegen in ihrem Bett, der Kastenventilator im Zimmer müht sich, uns alle abzukühlen. Meemoos leise Schnarcher durchbohren die Luft. Darauf folgt Aishas schwerer Atem neben mir. Unsere kleine Familie, unser kleiner Baum, eingehaust im Bürgersteig, der Beton drückt von überallher, und doch wachsen wir noch.

In der Küche geht das Licht an, mitten in der Nacht steht Onkel ████ da. Die plötzliche Helligkeit macht uns alle wach, ergießt sich durch Meemoos und Tantes offene Zimmertür. Das schummrige Licht trifft auf seinen Scheitel, die braunen Strähnen, die er gekämmt und glatt an den Kopf gelegt hat. Er atmet, und auch die Wände atmen, alles zieht sich um uns zusammen. Er macht einen Schritt nach vorn. Dann noch einen. Langsam und bedacht, nachhallend.

Aisha neben mir ist wach, stellt sich aber schlafend. Sie hat den Arm um mich gelegt. Noreens Finger sind mit meinen verknotet. Unsere drei Herzschläge sind perfekt aufeinander abgestimmt, wummern gemeinsam.

Meemoo setzt sich auf, er weiß, dass etwas nicht stimmt. Als er sich umblickt, entdeckt er Onkel ████, ein schwarzes Loch, das alle Energie ringsum einsaugt.

Bhai, was ist los? Warum bist du hier?, fragt Meemoo, mit heiserer Stimme, als wäre gerade ein Traktor darübergefahren, und steht vom Bett auf.

Warum sind sie in eurem Zimmer?, will Onkel ████ wissen, bellend, anklagend.

Meemoo geht raus in die Küche, schließt die Tür hinter sich, kein Licht dringt mehr zu uns.

———

Sie hatten Angst. Es sind unsere Kinder, Bhai, hören wir Meemoos Stimme, sanft auf der anderen Seite der Tür.

Das sind sie nicht, erwidert Onkel █████, seine Stimme ein fauchender Wasserkessel. Meine Augen brennen, seine Gegenwart durchschneidet die kleine Familie, die wir uns aufgebaut haben.

Wessen Kinder sind sie dann?, fordert Meemoo ihn heraus, und die Luft um seine Worte wird still.

Aa jao, sagt Tante, und wir drei krabbeln zu ihr, drängen uns Schutz suchend an sie. Sie legt mir die Hände über die Ohren, die Geräusche um mich werden dumpf. Alles wird still.

Weißt du, was Sex ist?, fragt Onkel ████ am nächsten Tag. Er hat mich allein erwischt, während die Vögel ihre beschwingten Federn über uns aufplustern und dem Flurlicht entgegenschmachten, einer künstlichen Sonne.

Ich hab dich was gefragt, sagt er und kniet sich hin, sodass er mit mir auf Augenhöhe ist, sodass ich nichts anderes sehen kann als ihn. Der Geruch seiner Wohnung wabert aus seiner Kleidung zu mir herüber, und mir wird übel. Langsam nicke ich und frage mich, wo meine Schwestern sind.

Komm mit.

Wir gehen die Straße entlang. Zu seiner blauen Tür. In das Labyrinth. Ich folge ihm durch den papiernen Schützengraben, am Herzen der Wohnung vorbei, die Kartons umdrängen mich, lebendig und nach ihren Müttern schreiend.

Setz dich,

befiehlt er und wirft einen Blick auf die Matratze. Ich stecke in Schwierigkeiten. Meine Nackenhaare stellen sich auf, und ich setze mich hin.

Warum wart ihr in seinem Zimmer?, will er wissen, und ich brauche eine Sekunde, bis mir wieder einfällt, wovon er spricht. Ich antworte nicht, sehe nur zu Boden.

———

Das ist jetzt nicht mehr richtig für euch, mit Männern allein zu sein. Ihr Mädchen werdet älter. Es könnte was passieren. Und dann würden die Leute reden, sagt er, seine Stimme klingt sanft, bauscht sich vor Sorge.

Er ist wie mein Dad, antworte ich verwirrt.

Nein, meint er, immer noch sanft. Als ob er sich fragt, ob ich paagal bin. *Dein Dad ist tot.*

Meine Augen kribbeln, ich sehe weiter zu Boden. Mein Körper wird ganz hohl.

Ich hatte euch doch gesagt, dass ihr nicht so viel Zeit mit ihnen verbringen sollt, erinnert mich Onkel ██████, seine Finger trommeln auf den Schreibtisch. All die Papiere ringsum hören zu. Ich habe gegen eine Regel verstoßen.

Sie sind meine Familie. Die Wörter klein in meiner Kehle, zitternd.

Ich werde der Polizei erzählen, dass dieser Mann Sex mit euch hatte, sagt er langsam.

Mein Körper verlässt meinen Körper und rennt durch das Labyrinth, rennt die Straße entlang, weg von ihm. Die Lüge, die er zu erzählen bereit ist, sie hängt zwischen uns in der Luft. *Dieser Mann*, sagt er, über Meemoo. Als wäre Meemoo ein Fremder. Dieser Mann – mein Meemoo, der noch eine Extraschicht im Laden an der Ecke arbeitet und mir hinterher Fruchtgummis mitbringt, weil er weiß, dass ich die gern mag. Meemoo, den ich Onkel nennen würde, wenn ich dürfte. Meemoo, den ich Vater nennen würde, wenn es erlaubt wäre. Meemoo, der einen Termin hat, um bald seine Greencard zu bekommen. Meemoo, der mir vor dem Einschlafen Geschichten erzählt. Meemoo, der mich zudeckt und das Licht ausknipst. Mein Körper schwebt bei den Vögeln, lässt sie auf meiner Schulter landen, beobachtet meinen anderen Körper unten vor Onkel ██████, reglos, leer.

Wem wird man wohl glauben? Mir oder dir?

Er sieht mich wieder so an, als wäre ich paagal. Die Augen voller Sorge. Wie paagal ich auf sie alle wirken würde.

Ich zerbreche, zerfalle, und lasse einen Teil von mir dort zurück.

Am nächsten Tag haben Meemoo und Tante all ihren Besitz in drei Koffer gepackt. Wir stehen im Flur, und ausnahmsweise krächzen die Vögel einmal nicht. Sie stecken ihre Köpfe unter die Flügel, voll Unbehagen, und versuchen, nur ja nicht hinzusehen. Noreen weint, Aisha ist verwirrt, ihre Augen huschen von Noreen zurück zu Meemoo.

Onkel ████ *sagt, wir müssen gehen. So ist es für alle besser,* erklärt er, und jede Silbe taucht das Haus in tiefere Dunkelheit.

Alle Lichter versagen ihren Dienst, das Gas stellt sich ab, es gibt keine Flamme mehr. Draußen ist es taghell, aber ich kann überhaupt nichts erkennen.

Du übst schön weiter Cello, ja? Du kommst mal ganz groß raus, sagt Meemoo zu Aisha.

Ihre Augen blicken ihn an, winzig klein. Meemoos Hände tasten nach meinem Kopf, er drückt sanft.

Wir werden immer eine Familie sein, okay? Auch wenn wir nicht zusammen sind. Seine Stimme ist eine zarte Umarmung. Die Fältchen auf seinem Gesicht. Die Augen wässrig. Tränen rinnen über Tantes Wangen. Das schwache Beben ihrer Lippen. *Meine Kinder*, flüstert sie, schaut zu Boden, mit zitternden Händen.

———

Es fühlt sich an, als wäre ich eure Mom, sagt sie, lehnt den Kopf gegen Meemoos Arm, sieht uns wieder an.

Unsere Mom. Wir werden immer eine Familie sein. Ganz großes Ehrenwort. Sag es dreimal zum Badezimmerspiegel. Versprochen ist versprochen. Ich hoffe, ich lebe. Lange genug, um euch wiederzusehen.

Warum sind sie weggegangen?, fragt Aisha von ihrem Bett aus, mit verwirrter Stimme, so als wären die Fernsehantennen nicht richtig eingestellt, als müsste sie an den Drähten rumfummeln, damit es läuft. Sie hat den Cellobogen in der Hand und biegt das Holz, zerbricht ihn fast.

Hör auf damit, warnt Noreen, und Aisha hört auf. Aber den Bogen behält sie, als könnte sie jederzeit wieder anfangen.

Die Wohnung ist den ganzen Tag über dunkel geblieben, eine umgekehrte Nacht, das Glühen in den düsteren Sternen über mir das Einzige, was ich sehe. Der Mond ist nirgends zu entdecken.

Wir sind wieder verwaist.

Onkel ████s Drohung hängt in der Atemluft meiner Kehle fest. Ich könnte ihnen erzählen, was er gesagt hat. Aber ich weiß, dann wären sie wütend. Sie wüssten, dass es meine Schuld war, dass ich nicht für Meemoo eingestanden bin. Dass ich zugelassen habe, dass man sie uns wegnimmt, wegen der Lüge, zu der Onkel ████ bereit war. Weil ihm jeder geglaubt hätte. Also schlucke ich die Worte runter, begrabe sie in meinem Innern. Sie erzeugen eine kleine Grube in meinem Magen, mit Stacheldraht drumherum. In diese Grube packe ich alles, was ich nicht aussprechen kann, zum Beispiel dass *ich* entschieden habe hierherzukommen, dass *ich* diese Wahl getroffen habe, und dass all das hier meine Schuld ist.

Was ich bin: ein Sack Körper, den ich mit mir herumschleppe. Luft, Wasser, ein kleines bisschen Mond. Eine Liste voller Pflichten, die erledigt werden wollen. Ein Bankkonto auf meinen Namen. Ein Scheck vom Staat. Kostenloses Mittagessen. Alle drei Monate Kleidergeld. Gewässert und (manchmal) gefüttert, damit das Geld weiter fließt. Das obere Bett vom Stockbett. Ein Haus voller Wehklagen. Ein Haus der Vergessenen. Tantenvoll. Tantenlos. Ein Körper und ein Schatten. Ein Schleichen auf Zehenspitzen über Bodendielen. Ein Fingerabdruck auf Glas. Ein schwacher Herzschlag, frei in der Luft schwebend. Ich brauche nur ganz wenig Platz, versprochen. Ich kann geliebt werden. Es wird dich kaum etwas kosten. Du wirst gar nicht merken, dass ich da bin.

Wem wird man wohl glauben?

[mir] oder [dir]?

[dir].

Gründe, warum Menschen gehen:

Der Zug kommt. Sie sind müde. Es klingelt. Es ist nicht genug Essen im Haus. Sie müssen zur Arbeit. Sie brauchten Geld. Sie wollten ein Spielzeug besorgen. Sie mussten auf die Toilette. Es gibt jemand anderen, den sie mehr lieben. Sie haben eine Lungenentzündung. Sie haben jemandem versprochen, sich mit ihm zu treffen. Sie hassen dich. Du hasst sie. Sie sind erschöpft. Es ist kein Salz mehr da. Sie sind gestorben. Sie haben sich in den Mond verliebt. Die Vögel haben zu viel gekackt. Das Telefon hat geklingelt. Wir haben sie beerdigt. Du hast sie vergessen. Sie haben dich vergessen. Der Bus wartet draußen. Jemand anderes wartet auf sie. Sie sind verschwunden. Sie arbeiten für den Staat. Sie arbeiten nicht für den Staat. Sie wurden gefeuert. Sie wurden angeheuert. Die Briten gingen. Das Militär kam. Alles brach zusammen. Das Land war kein Land mehr. Der Boden war kein Boden mehr. Woanders gab es was zu essen. Es wurde zu laut im Haus. Niemand hat sauber gemacht. Wir hatten kein Toilettenpapier mehr. Sie wurden krank. Das Gras war grüner. Das Gras verdorrte. Alle Pflanzen sind verdorrt. Niemand kam. Jemand kam, als er nicht sollte. Sie wollten es so. Sie sind weggegangen. Sie kommen nicht mehr zurück.

wir sind in einem amerikanischen kino / auf unseren plätzen /
kalte luft bläst / noreen neben mir / aisha auf meinem
schoß / die kleine / zu hause / schläft / die leinwand ist voll /
mit dem, wofür amerikaner uns halten

/

      ein bettler
      weite hose
      ein topi
      kein hemd

      eine prinzessin
      ein zahmer tiger

prinz ali */ flüstert noreen / wischt sich die nase*

eine zweite stimme / leise / aisha
      prinz ali / ali a li / ali a la la

ihr mund bewegt sich / ihre eigene sprache / warum haben
wir unsere kinder so weit weg von allem großgezogen, was
unsers ist?

wird sie ihn lieben, wenn sie herausfindet, wer er wirklich
ist? */ fragt aisha / die finger um meinen kleinen finger*
geklammert / wolkenlose augen

liebe ist fragil, *sage ich / ehe ich mich bremsen kann*
was heißt fragil? */ fragt sie / blickt zu mir*
mader chod /   fragil bedeutet, dass sie für immer hält

lüge ich / feuerwerk / in aishas augen / fragil / wie fikar /
sorge / beides widersprüchlich / fikar maat */ sage ich / & sie*
hört auf / sich zu sorgen

später im foyer / kämpfe ich mit noreens reißverschluss /
aisha hat irgendwie ihren handschuh verloren / wir sollten
eurer schwester etwas mitbringen */ sage ich / aishas*
augenbrauen ziehen sich zusammen / krause Stirn / sie war
nicht dabei

dolcht / ihre leise stimme

genau deshalb sollten wir ihr etwas mitbringen

aisha steckt sich die handschuhlose hand in den mund / sie
guckt weg / auf den teppich / tritt ihn / will sehen, ob er
fliegt / tut er nicht

als wir nach hause kommen / kann die babysitterin die kleine
nicht beruhigen / sie ist gerade drei geworden / & hat ständig
angst

wir waren im kino und haben aladin gesehen */ prahlt*
aisha / die kleine schreit noch lauter / ihre größte angst /
bestätigt

nicht nur haben wir sie allein gelassen / sondern in der zeit auch noch etwas tolles gemacht

fikar maat / *sage ich / aber ihre sorge ist überall / es dauert stunden, sie zu beschwichtigen / bis endlich alles wasser ihren körper verlassen hat / durch ihre augen / das kleine gesicht tränenüberströmt / ent-wässert*

ich lege sie in ihr gitterbett / sie dreht sich von mir weg / lässt mich spüren, dass sie immer noch sauer ist / auch wenn sie nicht mehr weinen kann

ich decke aisha und noreen zu / knipse das licht aus / schließe die tür / ich höre / getrappel / kleine füße / aishas stimme / sanft

kausar, ich liebe dich fragil / ich liebe dich fragil / ich liebe dich fikar fremde

Seit es Götter gibt, gibt es Vernachlässigung. All unsere fehlbaren Götter laufen durch die Gegend, gebären die Erde, und vergessen uns dann. Hüpfen gemeinsam davon, reden über Götterkram, genervt von der Banalität unserer Menschlichkeit. *Ich habe euch das Leben geschenkt,* sagen sie, wenn wir uns beschweren, während sie Tabak ins Betelblatt krümeln und Sirup darüberträufeln. *Und ich kann es euch wieder nehmen.* Ihre gelben Zähne, sie knirschen und knirschen. Und wir, undankbare Menschen, beugen ein paarmal am Tag die Knie und erwarten, dass die Welt uns auf dem Silbertablett serviert wird. *Ich habe dafür gesorgt, dass die Erde sich dreht. Schon wieder,* sagen sie nach Feierabend mit der Tüte voll Einkäufen in der Hand, erschöpft. *Aber du hast nicht mit uns gespielt,* nörgeln wir, und sie verdrehen die Augen. Steigen in ihre blauen Cadillacs und fahren davon. Gehen wieder die Straße runter zu ihren eigenen Wohnungen, wo sie nicht an uns denken müssen. Ziehen neue Bäume aus Samen. Lassen sie sich hoch bis zum Himmel verzweigen. Wie selbstgerecht, unsere kleinen Wutausbrüche. *Sieh mich an! Sieh mich an!,* schreien wir. *Gott muss heute arbeiten,* sagen sie hinter ihren Computermonitoren, matter Glanz auf ihren Gesichtern, genervt. *Wir wollen Sanftheit,* sagen wir und wenden uns von dem Feld voller Sonnenblumen ab, üppig und sattgelb. *Macht,* sagen wir, und ein Vulkan bricht aus. *Stärke,* und die Bäume verwurzeln ihre Stämme. *Berührungen,* und der Sand haftet an unseren Füßen. *Allah hat mich vergessen*, flüstere ich in meinem Stockbett, allein, und ich bemerke den Mond nicht, der sein Licht auf mein Kissen scheint, sich nach mir aus- streckt.

Aisha bringt das Cello in die Schule zurück. Sie geht nicht mehr zum Unterricht.

Meemoo hat doch gesagt, du sollst weitermachen, erinnere ich sie.

Er ist nicht mehr hier, antwortet sie, und der Sturm auf ihrer Stirn kehrt zurück.

In unserem Haus ist keine Musik mehr. Wenn ich die Augen schließe, ist da nur Dunkel. Die Nacht, der Hafen, das Boot, nichts ist mehr klar. Der Himmel ist nicht mehr das Gesicht meines Vaters. Er ist von uns gegangen. Und ich kann nicht zu ihm zurückgelangen.

Als Meemoo und Tante fortgehen, wird ihr Zimmer frei. Ich bin jetzt in der siebten Klasse, Aisha in der achten, Noreen auf der Highschool. Wir sind quasi erwachsen. Onkel ▓▓▓▓ bringt eine Frau in die Wohnung, die wir nicht kennen, Aalia, deren Locken bis zur Mitte des Rückens wallen. Wenn sie spricht, klingt es, als würde ein Streichholz entzündet, Rauch erfüllt das Zimmer. Sie ist auf dem College und fährt mit der Bahn zum Campus. Aber ich sehe sie nie mit Büchern, oder beim Lernen, oder höre sie auch nur über ihre Kurse reden. Ich sehe sie bloß, wenn ich in der Küche bin und die Tür ihres Zimmers einen Spaltbreit offen steht. Die Matratze auf dem Boden, das lange Telefonkabel baumelt ihr vom nackten dicken Zeh, sie schaut aus dem Fenster, mit dem Rücken zu mir, der Rauch ihrer Zigarette zieht nach draußen. Sie ist immerzu am Telefon, spricht mit einem Mann, von dem sie sagt, dass sie ihn liebt, einem Mann, der mindestens einen Ozean weit weg lebt, einem Mann, der ebenfalls Zeit hat, ständig mit ihr am Telefon zu hängen. Wenn sie mit ihm spricht, drückt sie den Hörer ganz dicht ans Gesicht, und ihre Acrylnägel liebkosen das Kabel, als wäre es sein Körper.

Onkel ▓▓▓▓ liebt Aalia. Als er ihr zum ersten Mal das Zimmer gezeigt hat, hatte er seinen besten Pullover an und den falschen Zahn eingesetzt, sodass man seinen Gaumen nicht durch die Lücke sehen konnte. Er hatte sogar Rasierwasser aufgelegt, und sein Grinsen spaltete nahezu sein Gesicht, während sie durch die Wohnung hüpfte, die Schränke und das Badezimmer inspizierte und darüber entschied, ob sie hier einziehen wollte. *Onkel* ████, *der Hausflur ist so eklig, lass uns doch die Vögel abschaffen*, sagt sie und nennt ihn Onkel, die Stimme honigschwer. Er funkelt uns an, und ich weiß, ich kriege Ärger, weil ich nicht ordentlich genug geputzt habe. *Sie geht aufs College, vielleicht bringt sie euch was bei*, meint er, als sie gerade außer Hörweite ist, seine Geringschätzung für uns tränkt jede Silbe. Er ist jetzt dauernd in unserer Wohnung, jeden Nachmittag, wenn sie ihnen beiden Chai kocht. Mit dem riesigen Grinsen im Gesicht ist er nicht wiederzuerkennen. Sie hantiert in der Küche, der Chai dampft im Kessel, seine Augen lasten auf ihr. Wenn er geht, trinken wir den Rest, teilen uns in unserem Zimmer zu dritt ein halbes Glas, lecken es aus, wenn es leer ist, unsere Zungen suchen nach Zimt.

Morgens gucke ich zu, wie Noreen sich die Haare hochbindet, mit dem Lockenstab in der Hand, und ihre Wellen in Locken zu verwandeln versucht; sie beschmiert die Strähnen mit LA Looks Curl Gel, damit sie in Form bleiben. Das Gel ist hellgelb, nicht ganz flüssig, nicht ganz fest, mit einer Million Bläschen darin. Während sie sich fertig macht, spielt sie Evanescence in Dauerschleife, immer wieder den gleichen Song, er erfüllt unser Zimmer.

Bring me to liiiiiiffe, singen Aisha und ich, und Noreen blitzt uns böse an.

Es ist ihr Song, nur ihrer, sie teilt ihn bloß mit uns, weil es keine Türen gibt, die uns aussperren könnten.

An der Bushaltestelle warten wir zusammen auf unterschiedliche Busse – Noreens richtigen Linienbus und Aishas und meinen gelben Schulbus. Noreens Bus, der sie zur Highschool bringt, kommt zuerst. Onkel ████s Stimme hallt in unseren Köpfen wider. *Ihr seid alle Prostituierte*. Noreen senkt den Blick. Sie steigt in den Bus. Hinter ihr haben alle weißen Mädchen die gleiche Frisur: straffe Pferdeschwänze, keine Strähne schaut hervor. *Missgeburt*, zischt eine von ihnen. Noreen – still, Einserschülerin, Baumeisterin kleiner Theaterbühnen. Wie Onkel ████ fertigt sie Sachen aus Holz. Doch im Bus interessiert niemanden, was sie alles kann. Noreens Augen haften am Boden. Als der Bus losfährt, sieht sie uns nicht an.

Seit Tante weg ist, lesen wir nicht mehr im Koran. Die anderen muslimischen Kinder kommen nicht mehr zum Beten zu uns. Onkel ███████ bringt uns zu einem neuen Lehrer, seinem Freund, der früher Imam war. Unser neuer Lehrer ist zu alt und zu blind, um zu merken, wie Aisha unter ihrem Dupatta wegnickt. Er beharrt darauf, dass der Klang der Schrift niemals hässlich sein kann, selbst wenn sie in meinem Mund haspelt und zappelt.

Scheiße, Mann, formt Noreen mir gegenüber mit den Lippen, als ich die einzelnen arabischen Buchstaben hervorstammle, mich durch die kürzeste Sure im ganzen Buch kämpfe.

Aus meinem Mund klingt der Koran, als würde ich ein totgefahrenes Tier mitschleifen. Aishas Kopf pendelt auf ihrem Hals hin und her, ein verdammt großer Lolli, der auf seinem Plastikstiel schwankt. In solchen Momenten hassen meine Schwestern mich am meisten: wenn ich ihre Zeit vergeude, die Stunden mehre, die sie rundum verhüllt in diesem heißen Zimmer zubringen müssen, unter dem stinkenden Atem eines dermaßen alten Imam, dass wir jede Sekunde mit seinem Ableben rechnen. *Fa-fa-sal-lie-lii-li,* versuche ich es, mit hoher, winselnder Stimme, eine läufige Katze.

Aishas Lollikopf sackt schließlich vor, und sie knallt in ihren aufgeschlagenen Koran. Sie erschrickt und muss furzen, wie ein fehlzündender Motor auf der Straße. Noreens Kichern entzündet die schale Luft, und plötzlich liegen wir alle am Boden, lachen, in unsere Dupattas verheddert, die Korane vergessen auf dem Tisch. Unsere Fäuste trommeln auf den Teppich, während wir uns zusammenzureißen versuchen. Unser Imam, noch immer am Tisch, schüttelt den Kopf.

Lass es noch dauern, lass es noch dauern, lass es noch dauern, flüstert mein Herz sich selber zu. Wir drei sitzen im Kreis, schweigend, und schauen einander an. Wer zuerst lacht, verliert. Meine Schwestern, meine Götter, meine Spiegel. *Lass es noch dauern, lass es noch dauern, lass es noch dauern.* Dieses Gefühl, Aisha und Noreen, die mich anschauen. Mit sanften Augen. Mein Herzschlag findet ihren Takt.

Aisha und Noreen sehen überhaupt nicht wie Schwestern aus: Aishas Haut hell, ein helles Braun, wie ausgetrocknet unter ihren schweren Lidern, Noreens Haut von dunklerer Farbe, immer frisch, strahlend. Aber wie ich sie jetzt so anschaue, verschmelzen sie. Sie blinzeln gleich, ein schweres, bewusstes Zuklappen. Meine Schwestern beobachten die Welt genau, machen die Augen nur zu, wenn sie müssen. Meine Schwestern beißen sich genau gleich auf die Lippen, halten ihr Lachen genau gleich in der Kehle zurück. Meine Schwestern können alles dauern lassen: Das Salz auf den Crackern reicht, um unsere Bäuche bis zum Abendessen zu vertrösten, das Badewasser, das wir eine nach der anderen benutzen, die dehnbare Decke, wenn die Nacht zu kalt wird, die Stille im Zimmer, unser Blickkontakt. Braun wandert zu Braun, fordert eine von uns zum Nachgeben heraus.

Wir durchqueren den Park, durch den niemand geht. Der, von dem Aisha sagt, dort würden Vergewaltiger in den Büschen lauern und warten, dass Mädchen nachts allein vorbeikommen. Die Sonne lugt unter den Bäumen hindurch, streicht gelegentlich über uns hinweg. Ich weiß nicht genau, was ein Vergewaltiger ist, aber mir ist klar, es muss etwas Schlimmes sein. Noreen meint, das ist jemand, der etwas mit deinem Körper anstellt, das du nicht rückgängig machen kannst. Aber es ist nicht Nacht, und wir sind keine Mädchen, wir sind Brüder oder Schwestern oder Mütter, oder irgendwas dazwischen, also laufen wir zielstrebig, machen uns breit, unsere kleinen Fäuste einsatzbereit in den Taschen, fordern wen auch immer heraus, sich mit uns anzulegen.

Als wir beim Ein-Dollar-Laden ankommen, begutachten wir die Waren. Jede von uns weiß, dass man bei der ersten Runde durch den Laden nichts in die Hand nehmen darf, wie gefährlich es ist, sich an die erste Sache zu binden, die man sieht. Ich gehe gewissenhaft durch alle Gänge und schaue mir alles genau an, als könnte ich es wirklich kaufen – die Mikrowellen, die DVDs, die Klobürsten. Aber ich weiß, was ich will. Plötzlich stehe ich davor: cremefarben glänzende Haut, zurechtgeschabte Hüften, krumme Beine, Plastikknöchel. Ich suche die günstigste aus und drücke sie an mich wie einen Preis.

Wir treffen uns hinten in der Ecke mit den Plastiktellern. Noreen hält einen Lippenstift und Aisha eine Tüte Lutscher. *Die kostet 3,99,* sagt Noreen und guckt auf meine Barbie. Ich verzichte auf den Hinweis, dass Aishas Tüte 2,50 Dollar kostet. Die Dreistigkeit eines Ein-Dollar-Shops, Dinge zu verkaufen, die teurer sind als ein Dollar. Aisha verdreht die Augen. *Die hat nicht mal Titten.*

––––––––

Schweigend verlassen wir den Laden, ich mit einem Lippenstift ganz ähnlich wie Noreens. *Für Puppen bist du sowieso zu alt,* meint Noreen im Park, während Aisha vorausflitzt, bereits im Zuckerhoch, mit drei Lutschern im Mund. Als wir nach Hause kommen, probiere ich meinen Lippenstift aus, reibe das helle Orangerot auf meine rissigen Lippen. Es betont meinen Oberlippenbart, und mein Kinnbärtchen kräuselt sich unter den Farbpigmenten hervor.

Siehst du?, meint Noreen, ohne mich anzuschauen. *Voll hübsch.*

Im Spiegel säumt eine weiche Fellschicht meine Oberlippe. Ein kleines Fleckchen Haar lebt auf meinem Kinn, so groß wie mein Daumenabdruck, ein dunkler, pelziger Halbmond, der mich begrüßt, wenn ich mich anschaue. Woran ich mich von meinem Vater noch erinnere, das sehe ich in mir. Das Grübchen in seiner Wange. Sein Lachen tief aus der Kehle. Jeden Morgen, wenn ich mein Gesicht wasche, blicken meine Haare zu mir auf. Sie flüstern: *Mann, du bist ein Mann,* und ich nicke ihnen zu, weil es stimmt, weil ich sie meinen richtigen Namen nennen höre.

Eines Tages kommt Noreen mit einer Mülltüte nach Hause, die sie stolz hin und her schwenkt.

Hexensabbat, Bitches!

Ich klettere vom Stockbett, steige ohne Eile die wacklige Leiter runter. Aisha rollt sich von ihrer Matratze, plumpst seitlich zu Boden.

Was ist da drin?, fragt Aisha und mustert Noreen und die Tüte misstrauisch.

Halt deine verfickte Fresse, Aisha, dann sag ich's dir.

Noreen schnaubt. Sauer, dass Aisha ihr den Wind aus den Segeln nimmt, dass Aisha nicht augenblicklich dankbar für die Ankunft einer x-beliebigen Mülltüte mit unbekanntem Inhalt ist, der von nun an bei uns wohnen wird. Als ich es schließlich die Leiter runter geschafft habe und an meinen Platz im Kreis gestiegen bin, kippt Noreen die Sachen auf den Boden und breitet sie aus.

Stoff. Netzgeflecht. Pailletten. Ein Haufen Kleider. Ich nehme mir ein kurzes schwarzes Kleidchen, Aisha begutachtet ein Neckholder-Top mit Tigermuster.

Rein in die Fummel, Bitches!,

gurrt Noreen vergnügt und wirft uns die Kleider zu, die pfundweise für einen Dollar verkauft werden und mit denen uns Onkel ███████ niemals aus dem Haus lassen würde.

————————

Was ich alles für euch mache, Leute! Was ich alles mache!,

ruft Noreen, Staunen in jeder Silbe, ehe sie sich aufs untere Stockbett fallen lässt und vor sich hin starrt.

Ich bin die scheißbeste Mutter ever.

Das schwarze Paillettenkleid reicht mir gerade bis unter den Slip, meine zwölfjährigen Beine sind schon jetzt stark bepelzt, Haare wallen unter dem Saum hervor. Rund um die Taille sitzt das Kleid eng, bloß um dann in ein klaffendes Loch vor der Brust überzugehen; eigentlich ist es für jemanden gedacht, der genug Titten hat, um ein Körbchen auszufüllen, und bei mir sind da nur angeschwollene Brustwarzen. Meine Füße tippen den Takt von »Playas Gon' Play«, dem Song, den Noreen aus ihrem Ghettoblaster dröhnen lässt.

Ihr könnt selbst 'ne Barbie sein.

Noreen grinst breit, ihre Augen funkeln. Ich schaue in den Spiegel, auf die Kluft zwischen dem Kleid und meiner Brust. Meine Hüften dehnen den Stoff. Meine Schultern sind zu breit für eine Puppe, aber ich werde trotzdem zu einer.

Am anderen Ende des Zimmers steht Aisha, im Tigertop, die Arme weit ausgebreitet und damit kreisend, Augen geschlossen, das Gesicht zur Decke. Und ich frage mich, was sie wohl aus sich gemacht hat.

Wir wurden füreinander gemacht: Wir wurden dafür gemacht, uns unter den Vögeln wegzuducken und an ihnen vorbeizuhuschen, wenn sie im Tiefflug auf uns niederstießen. Wir wurden dafür gemacht, einander großspurig unsere Vorräte zu zeigen: die alten T-Shirts aus der Fundkiste der Schule, die wir in unseren Rucksäcken versteckten, die Scheren aus dem Kunstunterricht. Wir wurden dafür gemacht, dünne Streifen aus diesen Shirts zu schneiden, um sie oben am Stockbett zu befestigen wie Theatervorhänge: wir, unsere eigene Kulisse, unsere Figuren und unsere Geschichte. Aisha wurde dafür gemacht, das Fledermauskostüm vom Schultheater zu klauen und darin in unserem Zimmer herumzutänzeln, während Noreen vom unteren Bett hervorjohlt, die perfekte Zuschauerin. Ich wurde dafür gemacht, der Regen auf Aishas Fledermaushaut zu sein, was einfach bedeutet, dass ich dafür gemacht wurde, genau zum richtigen Zeitpunkt das Wasserglas über ihr auszukippen. Ihr Kreischen wurde gemacht, um auf mein Ohr zu treffen und Noreen ihren Einsatz dafür zu geben, so doll zu lachen, dass sie würgen und nach Luft schnappen muss; ihre Füße treten nach allem in Reichweite aus. Noreen wurde dafür gemacht, gerade in diesem Moment ins Bett zu pissen, und nur ihre nassen Laken halten eine regengetränkte Aisha davon ab, die Malerleiter hochzusteigen und mein oberes Bett zu erklettern. Aisha wurde dafür gemacht, *Du hast gepinkelt! Du hast gepinkelt!* durchs Zimmer zu schreien, ihre Stimme ein hohes, heiseres Pfeifen, ganz nasal, als würde sie oben an ihrem Gaumen kleben. Noreen wurde dafür gemacht, aus dem Stockbett zu hinken, pissnass, am Boden zusammenzubrechen, zwischen trockenem Gewürge zu schreien: *Ihr blöden Fotzen!* Und wir wurden dafür gemacht, absolut blöde Fotzen füreinander zu sein, aneinander gebunden, für immer.

Aus dem Dunkel, aus dem Zimmer, in dem wir früher immer gespielt haben, kommt Tiffany. Gestern gab es sie noch nicht, und heute taucht sie auf, schlurft ins Badezimmer, mit gesenktem Kopf, sieht uns nicht an. Unsere Spielsachen stehen in einem Karton neben der Zimmertür. *Ihr seid sowieso zu alt für Spielzeug*, meint Onkel ▉▉▉▉, als ich ihn danach frage. Aalia ignoriert sie, bleibt in ihrem eigenen Zimmer. Unser Onkel sagt, Tiffany sei Professorin für Naturwissenschaften, oder zumindest war sie es einmal, bevor sie nach Amerika kam. Unsere Stadt ist voller War-einmals, voller Leute, die von woanders herkommen, deren Abschlüsse hier nichts gelten, die hinter der Kasse sitzen und an der Zapfsäule stehen und danach zu ihren Einzelzimmern in irgendeiner Mietswohnung zurückkehren, zu einem gerahmten Bild über dem Bett mit ihnen in Doktorhut und Talar und einem Zeugnis in der Hand. Tiffany redet nicht mit uns, sie schlurft einfach nur schweigend herum, und wenn wir zusammen in der Küche sind, ist sie so leise, dass mein Atmen mir unhöflich erscheint.

Ich beobachte, wie Aisha sich durchs Haus bewegt, in Basketballshorts, die ihr bis weit über die Knie reichen, ihr T-Shirt ein Zelt, in dem sie lebt. Abends öffnet sie das Fenster und gleitet auf die Feuertreppe. Der Mond ist nirgends zu entdecken. Sie geht barfuß, das Metall schneidet ihr ins Fleisch.

Was zur Hölle machst du da?, ruft Noreen.

Das erinnert mich daran, dass ich lebe. Aishas raue Stimme mischt sich mit dem Wind.

Jenseits unseres Zimmers ist die Nacht. Ich beobachte sie vom oberen Stockbett aus. Würde ich die Hand ausstrecken, könnte ich sie berühren, ich könnte ein Teil davon werden wie Aisha. Und jenseits unserer Tür: Aalia und Tiffany – zwei Fremde, mit denen wir ein Zuhause teilen. Unsere Welt gehört uns, und wenn irgendwer sonst davon wüsste, würde man uns fortholen.

Aber vielleicht hätten wir es besser. Ich träume, kurz, von einem nicht gestorbenen Vater, von jemandem, der mir bei den Hausaufgaben hilft; nicht, dass ich das nötig hätte, aber einfach von jemandem, der da ist. Von seiner Stimme, unfremd. Seiner Stimme, die uns Geschichten erzählt. Wie er unsere Mom kennengelernt hat. Wie er sich in sie verliebt hat. Vielleicht könnten wir in unserem eigenen Schloss leben. Vielleicht könnten wir einen Erwachsenen haben, der abends zu uns nach Hause kommt, der in unsere Einfahrt einbiegt.

Oder vielleicht hätten wir es schlimmer.

Noreen. Gott der Wirklichkeit. Gott der Waisen.

Noreen hasst die Highschool. Die vielen Menschen auf den Fluren, die es in unter vier Minuten von einem Gebäude zum anderen schaffen müssen. Noreen stopft ihre Bücher in den Rucksack und läuft los, den Blick zu Boden, ihre zwei einzigen Freundinnen zu beiden Seiten. Wann immer sie einen Schritt macht, hört sie es: Menschen, die *Missgeburt* flüstern, und die Wände drängen näher und näher, bis da kein Raum mehr zum Atmen ist.

Es gibt gute und schlechte Arten des Drängens. Ein gutes Drängen: Wenn wir drei in unserem einen Zimmer schlafen, das Holz des Stockbetts drängt gegen sich selbst, Noreen im unteren Bett und Aisha auf der Matratze, die ich von meinem Hochsitz aus sehen kann, unser Atem dicht zusammengedrängt.

Der Schulflur ist eine schlechte Art des Drängens für Noreen. Der Bus eine weitere, alle Hände wollen die gleiche Stange fassen, alle Körper drängen aneinander, jeder drängt dem anderen sein *Entschuldigung* ins Ohr, doch die Körper stoßen trotzdem zusammen. Wenn sie nach Hause kommt, ist da kein Raum zum Atmen, unsere Stockbetten zu dicht beieinander, Aisha auf dem Bett neben uns, alle atmen die gleiche, wiederverwertete Luft, das Haus mit all den Fremden vor unserer Tür drängt herein, droht sie zu öffnen.

Der einzige Moment, in dem sie den Blick hebt, ist direkt nach der Schule. Wenn ihre Beine sie im Training um die Laufbahn tragen. Wenn sie rennt, ihre Lunge drängt gegen den Brustkorb, und die Beine drängen fest gegen den Asphalt. Dort, mit ihrem Körper, der darum kämpft, die Luft rein- und rauszupumpen, fühlt sie sich am lebendigsten, wenn sich der Raum um sie plötzlich vervielfacht, statt sich zu teilen.

Hätte ich eine Superkraft, würde ich mehr Raum erschaffen. Ich würde die Luft vervielfachen. Ich würde die Flure vervielfachen. Ich würde unser Stockbett vervielfachen. Ich würde uns so viel Raum schaffen, dass wir uns nur berühren müssten, wenn wir es wollten.

Über mir ist Raum, unter mir ist Raum, zwischen Noreen und mir: Raum. Noreen hat unglaublich viel Raum um sich, selbst wenn wir im selben Zimmer sind, selbst wenn mein Körper zur Katze wird, zu einer kleinen Heizung für sie, von der sie sich Wärme stehlen kann. Da ist so viel Raum in ihren Augen, schwarze Löcher, die ich nicht greifen kann. Ich frage mich, wo er hergekommen ist, wie er sich in sie hineingeschlichen hat.

Auch Aisha schafft sich ihren eigenen Raum; sogar, wenn sie neben mir sitzt, weiß ich nicht, wo sie gerade ist. In irgendeinem anderen Körper, in irgendeiner anderen Welt, an irgendeinem Ort, zu dem ich keinen Schlüssel habe.

In der Schule reden sie über Wissenschaft. Über den Weltraum und Planeten. Aber alles ist Schein. Auf dem Mars könnte es Wasser geben. Pluto könnte ein Planet sein. Oder auch nicht. Im Weltraum existieren Dinge, die meine Lehrer nicht erklären können: schwarze Löcher, die stark genug sind, um eine Sonne zu vernichten, Vakuum, in dem sich nichts bewegt. Ich frage mich, was in Noreen gekrochen ist, welcher Raum sie vernichtet. Überall um mich her haben meine Mitschüler ihre eigenen Planeten, Kugeln aus Licht, die sie umkreisen.

Und wir, zu Hause, eine andere Art: allein geboren, zusammen geboren. Meine Schwestermütter. Losgelöst. Ich warte darauf, dass sie nach Hause kommen.

Alle Mädchen in meiner Klasse bürsten ihr Haar in glatte Zöpfe. Ihre Fingernägel sind kurz geschnitten, lackiert, glitzernd. Sie haben Portemonnaies und immer eine Extrabinde dabei, *für alle Fälle*. Sie alle tragen Lipgloss, haben haarlose Beine, sitzen auf den Tribünen, machen Kaugummiblasen. Ihre goldenen Creolen klimpern beim Gehen, Augen und Lippen sind perfekt nachgezogen.

Auf mich wirkt Noreen wie ein Mädchen, das unter all den anderen nicht auffällt, das seine Lippen nachziehen kann und einen echt langsamen Augenaufschlag hinbekommt. Ich glaube, sie ist der schönste Mensch, den ich kenne: Noreen, durch und durch Mädchen, ohne das kleinste bisschen Schein. Nach dem Abendessen blättert Noreen in College-Broschüren. Sie träumt davon, von hier fortzugehen. *Wenn ich aufs College komme, wird alles anders.* An der Bushaltestelle blickt sie zu Boden. Ich weiß nicht, warum sie die Schultern einzieht. Ich frage mich, was an der Highschool einem Menschen das antut. Vielleicht will ich es gar nicht wissen.

VERMISSTE PERSON

Name: Tiffany Kim

Zuletzt gesehen: Bridgeway-Kriseninterventionszentrum

Geburtsdatum: 13.02.1966

Alter: 35

Geschlecht: weiblich

Typ: asiatisch

Haarfarbe: schwarz

Brille: ja

Größe: 1,64 m

Achtung: Diese Person könnte eine Gefahr für sich und andere darstellen.

Falls Sie sachdienliche Hinweise zu dieser Person haben, rufen Sie bitte unter folgender Nummer an:

[   ]-[   ]-[   ]

Eines Tages, als wir gerade nach Hause laufen, spricht der Nachbar von gegenüber Noreen und mich an und erzählt, dass er Tiffany in unsere Wohnung hat gehen sehen. Er reicht uns einen Zettel in einer Plastikhülle, wie sie in unserem Viertel überall an Bäumen und freien Mauerflächen hängen.

An diesem Abend setzen wir uns zusammen, barfuß und im Schneidersitz, und legen das Blatt zwischen uns. Wir verrenken uns die Hälse, um besser sehen zu können, und geben acht, nur ja nicht am Papier zu ziehen, damit es nicht zerreißt.

Das könnte sie auf jeden Fall sein, Aishas Stimme, vielleicht so gut wie überzeugt.

Ja, glaub ich auch, ich, in dem Versuch, mit allen einer Meinung zu sein.

Keine Ahnung. Könnte echt jeder sein, Noreen, die Stimme der Vernunft, mit einer Hand an meinem Rücken.

Und dann hören wir es, laut und tief, der Anfang eines Winselns hinten im Flur, am anderen Ende der Wohnung. Ein Jaulen, fast animalisch, das sich zu ausgewachsenem Geheul überschlägt.

Tiffany die Wissenschaftlerin, Tiffany die War-einmal, Tiffany im hintersten Zimmer der Wohnung, Tiffany der Brüllaffe.

Und wir drei sehen uns an und kippen hintenüber, können uns nicht mehr halten, das Lachen durchbricht die Angst, entkommt unseren Bäuchen, so rasch, dass ich keine Luft mehr kriege.

Aalia trägt immer Kleider und Schmuck, der Duft nach Jasmin weht ihr hinterher. Ihr Make-up ist nicht aus dem Ein-Dollar-Laden, es wird in glänzenden Päckchen in unsere Wohnung geliefert, mit Konfettischnipseln, die seine Reise abfedern. Oder mein Onkel bringt es ihr, kleine Geschenke, die er ihr überreicht, wenn sie zusammen Chai trinken. Noreen schnaubt verächtlich, neidisch. Ich stehe in der Küche und nehme mir extra viel Zeit zum Abspülen, um Aalia zu beobachten, wie sie ihr Pinselchen in den gelben Kompaktpuder taucht und über ihre Augenlider streicht.

Komm her,

sagt sie, und ich hatte gar nicht bemerkt, dass ich sie so offensichtlich anstarre, dass sie meinen Blick spüren konnte. Langsam lege ich den Schwamm beiseite und wische die Spüle aus, nervös. Meine kleinen Füße tragen mich in ihr Zimmer, das einmal Tantes und Meemoos war, zu ihr hin, wo ich hinter ihr stehen bleibe und wir einander durch den Spiegel ansehen, den sie an die Wand gelehnt hat. Sie lächelt, warm, honigsüß.

Auf ihrem Schreibtisch liegt fein säuberlich der Zettel über die vermisste Person, den sie in unserem Zimmer gefunden hat, den sie Onkel ▆▆▆▆ gezeigt hat. *Ich wohne nicht mit einer Verrückten unter einem Dach, Onkel*, hörte ich sie sagen, und

Onkel ███ kniff die Lippen aufeinander. Danach fehlte Tiffany auch in unserer Wohnung, vermisst. Und wir begriffen: Aalia hat die Macht, zu entscheiden, ob Menschen gehen oder bleiben.

Sacht spielt sie mit ihrem Silberring, lässt ihn langsam vom Finger gleiten.

Hier.

Ich streife ihn über und sehe, wie er sich von meiner braunen Haut abhebt. Er glänzt, macht mich weniger eintönig.

Lipgloss ist was für Tussis, meint Noreen im Ein-Dollar-Laden, und ich stelle das Fläschchen wieder zurück, die Lipgloss-Mädchen aus meiner Klasse gehören plötzlich alle in eine neue Kategorie, von der ich noch nichts wusste. Noreen kauft mir einen knallroten Lippenstift, irgendwas mit »Feuer« im Namen, und ich denke an meine Lippen, die Feuer fangen, lodern. Ich will unser ganzes Zimmer damit anmalen und es brennen lassen. Noreen benutzt ihn zuerst, ihre Lippen leuchten so grell, dass jeder hinsieht, als wir durch den Park gehen. Aisha bummelt hinter uns her, fährt mit den Fingern den Zaun entlang. Noreen lacht mit jeder Faser ihres Körpers, ein Lachen, das den Park aufweckt, ein Lachen, bei dem sich die Männer aus ihren Fenstern lehnen und schmunzeln, als wir vorbeilaufen. Jeder fragt Noreen, wo sie hingeht, wohin ihr Körper unterwegs ist, aber sie antwortet nicht, nimmt bloß meine Hand und wirbelt mich durch den Park, als wäre ich ihr kleiner Kreisel, tanzend und tanzend. Und ich tanze im Kreis, und ihr Lachen sprudelt erneut hoch, und das Feuer ist überall auf ihren Zähnen, an ihr Kinn geschmiert. Und ich sage es ihr nicht, obwohl ich weiß, dass sie außer sich sein wird, wenn sie in den Spiegel sieht und es entdeckt. Ich mag das Rot so; wie die Farbe ihren Lippen überallhin folgt, wie ihre Reißzähne damit getuscht sind und drohen, Feuer oder Blut oder Liebe zu träufeln, je nachdem.

Onkel ███████ sitzt in seinem besten Pullover am Esstisch, vollkommen unbeachtet. Aalia hängt mal wieder am Telefon, nur ist es diesmal zur Teestunde, und es ist kein Chai in der Kanne. Und als Onkel ███████ lautlos aufsteht, um zu gehen, wirft er uns dreien einen so zornigen, furchteinflößenden Blick zu, dass es meine Knochen erschüttert. Wir huschen in unser Zimmer und verbringen den restlichen Abend in Schweigen.

Ich denke an das zusammengeflickte Familienporträt, das ich mir ausgemalt hatte: Aalia und ihr Chai neben meinem Onkel und seinem Grinsen, und wir drei, in den Hintergrund geschoben, aber doch da.

Einige Tage zuvor ist am Telefon etwas passiert, das Aalia zum Weinen gebracht hat, sie wieder und wieder flehen ließ: *Aber ich dachte, du liebst mich.* Dann fuhr sie nicht mehr zu ihren Kursen. Sie stieg überhaupt nicht mehr in die Bahn, verließ das Haus nicht mehr. Sie saß beim Telefon und rief immer wieder an. Er ging nicht ran. Sie färbte sich die Haare nicht mehr mit Mehndi. Sie wurden ganz fettig.

Er will sie gar nicht. Kannst du dir vorstellen, so verzweifelt zu sein?, schnaubt Aisha in dem Versuch, die Angst abzuschütteln, und wir alle drehen uns gleichzeitig in unseren Betten um, wenden einander die Rücken zu. Jede von uns in ihrem eigenen Bett, im selben Zimmer, so stellen wir uns vor, wie man eine Person zu überzeugen versucht, ihrer Liebe wert zu sein, eine Person, die früher immer Chai für dich gekocht hat, eine Person, die ihr Leben damit zubringt, neben dem Telefon zu warten, eine Person, die vergessen hat, dass es dich gibt.

Eines Tages, als ich gerade in der Küche bin, steht Aalias Tür offen. Ich spähe hinein, und sie ist weg – ihr Körper und all ihr Zeug. Die Wohnung leerer. Voller Erinnerungen an die Menschen, die einmal hier waren. Onkel ████ schaut nicht mehr vorbei.

Wir sehen zu, wie die Flugzeuge direkt in die Gebäude einschlagen. Die Rauchsäulen. Von oben wirkt es, als würden sie ein Ameisennest ausräuchern. In den Nachrichten rennen Menschen durch die Straßen. Nachts wird die Tür unseres Mietshauses besprayt. *Terroristen*. Ein paar Tage später steht *milzbrand* quer über meinem Schließfach. In der Schule sacken meine Schultern nach vorn. Alle muslimischen Kinder meiden einander. Beim Mittagessen verhandelt Ariel in meinem Namen mit ihren Freunden: *Sie ist eine von den Guten, ich schwör's.*

Mein Stachel brennt rings um mich. Ich will haben, was mir gehört. Dieselbe alte Wutflamme. Innen drin: Hitze. Ich fühle mich so gefährlich. Als könnte ich mich nicht in meinem Körper halten. Alle gucken mich an, als würde ich jeden Augenblick detonieren. Als könnte ich überkochen. Als könnte ich Öl speien. Als könnte ich jeden in meiner Nähe verbrennen. Ich brauche Hilfe. Ich brauche einen Erwachsenen. Und ich weiß nicht, wo ich einen herkriegen soll.

Der Fernseher erzählt immerzu Geschichten, die nicht wahr sind: weiße Mädchen, die im Weltall leben, ihre Plastikkleider niemals verknittert. Sie verdrehen die Augen und seufzen *Mom*, als könnte dieses Wort je etwas anderes als süß sein. Ich sehe Filme, in denen tote Menschen wieder ins Leben zurückkehren. Die ganze Zeit eigentlich nur verschollen waren. Ich lese Bücher, in denen Waisenkinder zaubern können, ihre toten Eltern heraufbeschwören. Ich will Al' Kausar finden. Ich will die Stimme meines Vaters hören. Zuletzt habe ich ihn im Fernsehen gesehen, als sein Leichnam in die Erde hinabgelassen wurde. Ich erzähle Aisha und Noreen von meinem Plan, und sie stimmen zu. Von einem Fahrrad an der Straße lässt Aisha eine Lampe mitgehen, und zusammen mit einer Wasserflasche packen wir sie in Aishas Minirucksack, für später. Ich bestehe darauf, dass wir bis Mitternacht warten. Ich wende noch das letzte Fitzelchen Energie auf, um meine Lider offen zu halten, als sie zufallen wollen, als mein ungeheures Schlafbedürfnis mein Vorhaben zu durchkreuzen droht.

Es ist so weit.

Wir steigen aus den Betten, ziehen nicht mal unsere Schlafanzüge aus. Aisha schiebt das Fenster auf, und wir alle krabbeln auf die Feuertreppe. Wir schleichen die Gitterstufen runter, stolpern hinaus auf den Straßenbeton, das einzige Geräusch kommt von Aishas Rucksack, der sanft gegen ihren Rücken schlägt. Es ist Vollmond, die Chaand strahlt uns an wie eine Taschenlampe. Ein Leuchtfeuer am Himmel.

Noreen sagt, dass es einen Weg auf die andere Seite geben muss. Es scheint, als müssten wir einen Baum finden, ein Waldstück, etwas aus der Natur, das wir als Durchlass benutzen können. Aber wir leben in der Stadt, und ringsum gibt es nichts als Gebäude und gepflasterte Gehsteige, das schwache Rumpeln eines nahen Autos. Noreen, Gott von Uns Allen, nimmt die Fahrradlampe und klemmt sie sich ans T-Shirt. Wir folgen dem blinkenden Rot, als die Straßenlaternen erlöschen, als die Nacht in Nacht getaucht wird.

Noreens Beine sind lang, und ihr Körper trägt sie schneller, als meiner es mit mir kann. Wenn sie voraushüpft, ist es schwerer, das Licht zu erspähen; ich stapfe ins Dunkel. Ich passe nicht auf, mein Fuß landet in einem Haufen Hundescheiße, ich fühle ihn unter mir zermusen. Wie verrückt reibe ich den Schuh übers Gras, versuche, die Scheiße abzukriegen. Aber ich rieche sie beim Laufen, der Kackegestank überschwemmt meine Nase. Eine Schnur aus Fliegen folgt mir auf den Fersen, sie schwirren mir um die Füße, markieren meinen Körper mit ihrem Hunger. Meine Schwestern sind weit fort, Lichter in der Ferne, denen ich nicht folgen kann. Ich schwöre, ich höre etwas. Eine Stimme, die ich lange nicht gehört habe.

Baba? Baba.

Ich wirbele herum, blicke um mich. Ich habe seine Stimme gehört. Ich weiß, dass mein Vater tot ist. Ich weiß, dass ich zu alt bin, um etwas anderes zu glauben. Aber irgendetwas erfasst mich. Eine Hoffnung, von der ich nicht wusste, dass sie in mir ist. Ich weiß, ich habe die Videoaufnahme von seinem Leichnam gesehen, der in die Erde hinabgelassen wird. Aber vielleicht war das nur gespielt. Nur Schein. Vielleicht ist er bloß verschollen. Vielleicht ist er in Al' Kausar. Vielleicht hat er andere Ers, so wie ich andere Ichs habe, vielleicht hat er ein Er zurückgelassen, das die ganze Zeit auf uns aufgepasst hat.

Das habe ich schon mal in den Nachrichten gesehen: Wenn jemand vermisst wird, bilden die Leute einen Suchtrupp. Sie rufen den Namen und leuchten mit Taschenlampen zwischen die Bäume. Aber es gibt hier kaum welche. Und ich kenne den Namen meines Vaters nicht. Ich kenne seine Stimme nicht. Doch ich brauche sie jetzt, mehr denn je. Ich brauche ihn, er soll zu mir sprechen. Ich drehe mich im Kreis, rufe den einzigen Namen, den ich kenne, biete ihn der Stadt dar. Ich drehe und drehe mich, die Fliegen drehen sich mit. Er hätte hier sein sollen. Mein Vater. Aber dieser Mann hat ihn uns genommen und ist dann gestorben. All das Feuer in mir, das ich nicht aus mir rauskriege. All die Menschen, die dafür verantwortlich sind, fort. Ich hebe die Arme zum Himmel, ich biete ihnen meinen Körper dar, damit sie mir meinen Vater, was auch immer von ihm noch existiert, zurückgeben.

Der Himmel tut sich nicht auf, das Fahrradlicht erfasst keine Gestalt, die auf uns wartet, kein Waldstück erscheint, um uns bei unserer Suche zu helfen. Da sind bloß wir drei auf der Straße, unsere Schlafanzüge zu dünn für den Winter, Fliegen flüstern mir in den Ohren, meine Schwestern mustern mich traurig, als wäre ich kaputt, als könnte man mich niemals reparieren, das Fahrradlicht blinkt in trübem Rot.

Was zur Hölle macht sie da?
Lass sie einfach.
Glaubt sie wirklich, unser Dad lebt noch?
Aisha –
Sie ist zwölf, Noreen.
Ach, ist doch nicht so wild.
Ich hab dir ja gesagt, das ist eine Scheißidee.
Hör auf, dich wie ein Arschloch zu benehmen.

In Aishas Stimme schwingt alles mit: meine Blödheit, all die Zeit, die ich mit dem Glauben an einen Vater vergeudet habe, den es nicht gibt.

———

Ich drehe mich um, und da ist sie: Aisha, das sanfte Grübchen neben ihrer Lippe tanzt, das Licht der Straßenlaternen flackert in ihren Augen. Plötzlich lacht alles mich aus. Der Gehsteig, die Bäume in ihren Betonkäfigen, das Laub, die Briefkästen neben den Türen. Alles lacht. Tausendfaches Lachen, das sich eng um mich legt, das sie alle allmählich erstickt. Und da ist Aisha, steht mittendrin, ihr Lachen ist der Dirigent dieser Sinfonie der Lacher, ihr Lachen ist ein Vergrößerungsglas meiner Leere, ihr Lachen, das, hält man es ans Licht, meinen Körper entfacht.

Sie wussten es.

Sie haben mich ganz allein über meinen kleinen Haufen Müll wachen lassen, haben mich etwas lieben lassen, das nicht sein konnte.

Jede Zelle meines Körpers teilt sich, eine heiße Woge, die in meinen Wangen ansetzt und sich bis in die Füße ausbreitet. Die Straßenlaternen werden zu Scheinwerfern, und ich, meine Beschämung, im Rampenlicht.

Sie wussten es. Sie wussten es.

Bevor ich es richtig merke, bevor ich eigentlich weiß, was ich tue, tragen meine mit Scheiße verzierten Füße mich geradewegs zu Aisha. Ich will ihr so doll wehtun. Ich will, dass sie fühlt, was ich fühle, was ständig in mir ist, was ich zu zähmen versuche. Mein Stachel ist lebendig, erhoben, bereit. Meine Fäuste ballen sich wie Bens und schlagen direkt auf ihren Hals ein, mit all der Wut, die mein Körper aufbringen kann. Ich bin allein auf dieser Welt. Und die einzige Familie, die ich habe, verlacht meine Not.

Niemand liebt dich.
Nur wegen dir sind sie nicht mehr da.
Wegen dir sind sie weggegangen.
Weil niemand es aushält, in deiner Nähe zu sein.
Wer würde dich jemals seine Tochter nennen?

Aishas Gesicht bricht, ein überlaufender Damm, ein reparaturbedürftiger Wasserhahn, nicht wegen meiner Faust, nicht wegen der sie zerkratzenden Nägel, sondern weil ich das Unsägliche gesagt habe, weil ich es durch meine Worte wahr gemacht habe.

Wem wird man wohl glauben?

[mir] oder [dir]?

[mir].

Am nächsten Tag, als Noreen mich nicht ansehen mag, geht mir auf, was ich getan habe. Ich umklammere Aishas Arm.

Schlag mich.

Aisha versucht, mich abzuschütteln, aber Noreen schaut zu uns rüber, verwirrt, an dem Spektakel interessiert. Wie Ben wölbe ich die Brust vor. Ich halte ihr Handgelenk fest, sanft, aber bestimmt.

Ich hab dich zum Weinen gebracht. Also bring mich auch zum Weinen.

Und als sie es tut, ist es nicht wild und fuchtelnd wie bei meinen Schlägen. Es ist genau platziert, direkt in den Magen, so fest, dass ich glaube, nie wieder atmen zu können. Sie stößt auf mich nieder, die Hände auf meinem Gesicht. Die Hände an meinem Hals. Ihre Nägel schlagen blutige Wunden. Ein Messer in ihren Augen, als wäre es schon immer da gewesen, als könnte ich, sobald es erschienen ist, ihr Gesicht ohne nicht mehr wiedererkennen.

Ich gehe mit den Narben zur Schule, Nagelkerben in meinem Gesicht wie Mondsicheln. Ben kommt rüber und setzt sich zu mir.

Wo hast du die her?

Von meiner Schwestermutter. Meinem anderen Gott.

Bitte sag mir, dass du ihr Gesicht auch so verhunzt hast.

Aishas Gesicht ist narbenlos, schön. Ihre gerunzelte Stirn. Der Schmollmund. Verärgert, aber unversehrt. Er schüttelt den Kopf und steht auf, läuft zu seinen Freunden.

Ziel immer ins Gesicht, Kausar. Immer ins Gesicht.

Ich denke an Meemoo und Tante ... Ich versuche, mich an ihre Gesichter zu erinnern, damit sie nicht verschwinden wie die Tanten, die ich, wie ich weiß, geliebt habe, aber nicht beim Namen nennen kann. Jeden Abend übe ich, wie es sich anfühlt, geliebt zu werden: Meemoo, der mich an seinem Arm hin und her schwenkt. Tante, die neben uns das Radfahren lernt. Tante, die mir das Haar einölt und flechtet. Ich hüte ihre Liebe in mir, packe sie in ein kleines Gefäß. So fühlt es sich an, eine Familie zu haben. Siehst du? Ich hatte auch mal eine. Und dann noch eine. Auch wenn sie jetzt fort sind. Das muss doch irgendetwas wert sein.

Die Flurtiere sind länger geblieben als irgendjemand sonst. Sie haben Meemoo und Tante überdauert. Tiffany. Aalia. Den Tieren hat der Flur schon gehört, bevor irgendjemand von uns hier war, sie pickten an ihren Käfigschlössern herum, streckten die Flügel durch die Gitterstäbe. Sie zwitscherten mit unseren Schreien im Chor. Kehrten uns den Rücken, wenn wir uns zu sehr beschwerten. Kackten, ständig. *Sie sollten frei sein*, meint Aisha, ihr Finger klimpert über die Stäbe. Letzte Woche ist eine Ratte in den Hamsterkäfig gekrochen und hat dem Hamster das Gesicht blutig gekratzt. Einen Tag atmete er langsam vor sich hin, dann starb er. Zwei Monate davor ist das Meerschweinchen grundlos gestorben, eingekugelt in eine Käfigecke. Der Flur ist nicht sicher. Sie sterben, und wir können sie nicht schützen.

Ein Grünfink legt den Kopf ein wenig schief und blickt Aisha an. All unsere Tiere, unser Zoo, unsere winzig kleinen Götter. Das Einzige, was sie vom Himmel trennt, ist die Tür, zu der wir den Schlüssel haben. Wir drei sehen uns an, zweifelnd, treten von einem Fuß auf den anderen. *Wenn es wirklich unsere sind, kommen sie wieder*, erläutert uns Noreen, das hat sie in irgendeinem Buch gelesen. Es klingt wahr. Wir nicken, unser Ratsbeschluss einhellig, stumm. Aisha öffnet die Tür. Die Vögel gucken einander an, dann uns. Ich nehme das Kaninchen auf den Arm, setze es auf die Schwelle. Es dreht sich zu mir um, die Sonne berührt den weißen Stern auf seiner Stirn. *Geht*, sage ich, und niemand rührt sich. *Geht!*, schreie ich, und die Vögel fliegen auf.

Onkel ████ baut das Stockbett ab.

Ich bringe euch bald woandershin, sagt er und zerrt Holzlatte von Holzlatte.

Langsam trägt er die Bretter nach draußen, stellt sie neben die Mülltonnen. Von der Feuertreppe schaue ich auf die großen Balken runter.

Ein Stockbett im Tausch für einen Vater.

Wir Dummköpfe.

Wir hätten mehr verlangen sollen.

er

es ist nicht so, dass ich sie nicht liebe / ich hab sie nur einfach nicht gekannt, und dann wurde sie meine Frau

*

roter lehenga / henna schlängelt sich wie gezweig / um ihre finger / feine löckchen sind ihren rücken hinabgeflochten / mit blumen durchsetzt / gold schimmert auf ihrer haut / die schlichte kette verbindet ohr und nase / ihre braune haut / dunkel und glatt / fängt die nacht ein / den blick zu boden / unsere augen finden sich / durch den spiegel zwischen uns / ich betrachte ihr spiegelbild / nicht sie / mustere unsere gesichter beieinander / wie wohl ein ganzes leben aus unseren gesichtern sein mag / um mich herum / tun das auch alle anderen / stellen die gleichung auf / wie unsere kinder aussehen werden / sie treten auf uns zu / ruhig / & sagen

maschallah

*

in amerika ist meine wohnung zu klein / ungemütlich / wenn wir in den park gehen / läuft sie umher / freundet sich mit allen blumen an / sie läuft und läuft / blickt hinter jeden stein / hinter die baumstämme / wenn sie sie gefunden hat / diejenigen, die sie für perfekt hält / flüstert sie

.tut mir leid, dass ich euch aus eurem zuhause hole

und pflückt

*

ihre hand auf meinem knie versetzt mich zurück / ihr auf dem bett ausgestreckter körper / das mondlicht auf ihrer haut / was ist mit dir? */ fragt sie / & ich zähle alles auf / die wohnung zu klein / ich bald / vierundzwanzig jahre alt / eine ehefrau / & meine leere / in meinem schoß /* ich kann dir nichts bieten */ meine stimme / der riss in ihrer wurzel / ein fauliger baum*

töchter
ich will töchter

ihre locken breiten sich unter ihr auf dem laken aus / die hand baumelt über den rand der matratze am boden / klopft auf die holzbalken / in der nähe brummt eine fliege / landet auf mei- ner schulter / ihre stimme / ein angebot /

eine würde ich gern noreen nennen

noreen / im mund meiner frau / heizen die silben sich auf / verschmelzen / ich verscheuche die fliege / sie schwirrt auf / summt den namen durch die luft / noreen */ ich spreche ihn mir selbst vor / probiere ihn aus / die fliege kurvt zum fenster / ich sehe sie an, ohne zu sehen / noreen / ein schöner name*

noreen
probiere ich es noch einmal

noreen
damit könnte ich leben

ein herr

eine fliege

Meine Nippel sind zu geschwollenen Gebilden explodiert, die sich unter dem Shirt abzeichnen. Aisha und Noreen haben ihre Regel, ein Teil unseres Taschengelds geht für Binden drauf. Ich hab meine noch nicht gekriegt, aber immer eine Binde im Rucksack, weil Noreen mir das geraten hat. *Das Schlimmste wäre, mit blutigem Hintern rumzulaufen,* sagt sie mit krauser Nase, als wüsste sie, dass ich so eine wäre, die mit blutigem Hintern rumläuft. Wir sind jetzt groß. Ich gehe bald auf die Highschool. Aisha ist im zweiten Jahr. Noreen wechselt demnächst aufs College. Mein Vater ist tot. Ich werde nicht mehr nach seiner Stimme suchen. Ich weiß jetzt Bescheid.

Onkel ███████ sagt, wir sind teuer. Nach Aalias und Tiffanys Auszug beschließt er, dass wir umziehen müssen, damit er unsere Wohnung vermieten kann. Er packt uns in eine enge Einzimmerwohnung im Keller. Es gibt keine Tür, die das Schlafzimmer vom Rest der Wohnung trennen würde. Der Raum ist kleiner als unser altes Zimmer oben; es passen ein breites Einzelbett und ein zusätzliches Ausziehbett hinein. Wenn es ausgezogen ist, muss man über die Matratzen krabbeln, um sich im Zimmer fortzubewegen. Es gibt einen kleinen Flur und eine Küche, die in ein Wohnzimmer übergeht. Er hat uns einen Computer besorgt, der auf einem winzigen Tisch neben der Couch steht. Und drei Nokia-Handys, mit denen wir nach neun Uhr umsonst telefonieren können.

Seht ihr? Alles brandneu, sagt er und wedelt zu der marmorierten Arbeitsfläche hinüber.

Aisha haut mich leicht auf den Arm, und ich folge ihrem Blick zur Decke, wo die Stromkabel rausgucken. Auf der anderen Seite des unfertigen Kellers, abgetrennt durch die Waschmaschinen und Schotter und Steine, befindet sich eine Zweizimmerwohnung, die Onkel ███████ gerade ausbaut. Sobald er die Toilette zum Laufen gekriegt hat, zieht ein pakistanischer Student namens Omar ein. Er schläft auf einer kleinen Pritsche, die Onkel ███████ aufgestellt hat. Beim Sprechen lässt Omar die Wörter zusammenfließen, weich und leise, sodass man sich nah heranbeugen muss, um ihn zu verstehen. Aisha ist in ihn verknallt. *Hi, Omar*, sagt sie, als wir ihm bei den Waschmaschinen begegnen, und zieht das O extra in die Länge. Die Büroklammer in seinem Ohrläppchen, ein notdürftiger Ohrring, glänzt im Licht. Seine Wohnung ist nicht seine, nur die Pritsche und das Klo, und seine Bücher fürs Studium, die er ordentlich auf dem Boden gestapelt hat. Überall liegen dicke Abdeckplanen, die wie Frischhaltefolie aussehen und vorhanggleich in jeder Ecke kleben. Als wäre alles gut umwickelt in einem Kühlschrank, nur ist es nicht kalt, steht eher draußen in der Küche herum und wartet darauf zu verderben.

Hier gibt es nur ein Schlafzimmer, sagt Noreen, mustert das eine Zimmer, in dem wir stehen, verschränkt die Arme.

Du gehst bald aufs College. Für euch reicht der Platz. Und die Küche teilt ihr euch mit Omar, sagt Onkel ██████, der von unseren Beschwerden bereits genervt ist, sein Blick wandert zur Tür, während er daran denkt, was er noch alles erledigen muss.

Als er weg ist, sind nur noch wir drei in der Wohnung. Keinerlei Gefahr, dass er jemand Fremdes herbringt. Keine neue Tiffany. Keine neue Aalia. Kein Zoo, um den man sich kümmern muss. Diese Wohnung gehört uns allein. Abgesehen von Omar, der die Küche benutzen wird. Aber wenigstens schläft er nicht hier. Aisha lässt sich auf die Couch sinken, schaut aus dem Fenster zur Straße. Ich gehe zum Computer und berühre die Maus, der Bildschirm erwacht.

Okay, das ist schon irgendwie cool, sagt Noreen, und wir alle sehen uns die neue Wohnung genau an, unsere Freiheit.

Alle meine Freunde wohnen bloß ein Zimmer von ihren Eltern entfernt. In derselben Wohnung oder im selben Haus. Sie unterstehen ihren Erwachsenen. Wir unterstehen einander. Teenager-Erwachsene. Unser Zoo ist verschwunden, und wir sind allein auf einer Insel. Onkel ███████, oben in einem Helikopter, fliegt manchmal über uns hinweg. Wirft Essen ab. Landet mitunter, um den Computer zu benutzen.

Ich zahle nicht dafür, dass ihr weiter zur Schule geht, da müsst ihr schon Stipendien kriegen, sagt Onkel ██████, und sie kriegt eins. Noreen erhält ein Vollstipendium für ein College in New York City.

Hier ist kein Platz für deinen Kram, den musst du mitnehmen.

Wir feiern, indem wir ihren Kram in sein Auto packen, es so vollstopfen, dass für mich und Aisha kein Platz mehr bleibt, um mitzufahren. Wir wissen: Wenn wir von hier fortgehen, gibt es kein Zurück. Keinen Ort, wo wir unsere Sachen hinbringen können, kein Zuhause, in das wir zurückkehren können. Wenn ich gehe, wird er die Wohnung vermieten. Und wir drei werden im luftleeren Raum schweben, nur noch zusammengehalten von unseren stummen Saiten, die uns miteinander verbinden.

Noreen geht aufs College. Onkel ██████ ruft seine reichen Cousins und deren Kinder an, die ein paar Staaten entfernt leben und die wir manchmal an Feiertagen sehen, um mit ihr anzugeben. *Noreen geht aufs College, maschallah, sie ist so klug. Ich habe sie großgezogen.* Noreen geht. Sie muss keine Schwestermutter sein. Sie kann einfach Noreen sein. Der Raum zwischen uns weitet sich immer mehr. Ich strecke die Hand nach ihr aus und spüre nur Wind.

Als ich auf die Highschool komme, fühlt es sich anders an. Ich bin weder beliebt noch unbeliebt, ich bin einfach da. Manchmal lächeln mich Leute im Gang an. Ariel, LeLe und Victoria versuchen ebenfalls, Freunde zu finden.

Ich sage den Leuten Hi. Wenn sie mich als ihre Freundin bezeichnen, speichere ich ihre Nummern in meinem Handy ab. Den Leuten, die mir Hi sagen, dekoriere ich an ihrem Geburtstag das Schließfach. Dafür dekorieren sie auch meins. An dieser Schule wissen bloß Ariel, LeLe und Victoria, dass meine Eltern tot sind. Niemand sonst weiß das. Oder wo ich wohne. Ich könnte jemand anderes sein.

Ich übe das Normalsein. Ich sage, dass meine Eltern mit uns zusammenwohnen. Sie arbeiten lange, deshalb sind meine Schwestern und ich viel allein. Aber sie lieben mich. Ich habe ein eigenes Zimmer. Und sie geben mir Geld. Und sie sorgen dafür, dass der Kühlschrank immer voller Essen ist. Ich werde zu einem neuen Ich.

Meine Freunde finden mich schüchtern, aber sie schwirren um mich herum. Wir alle: kleine Fliegen, die einander umkreisen. Wenn ich mich mal zu Wort melde, sind sie überrascht. Meistens wird meine Stimme aus dem Zimmer gesogen, gefangen in meiner Kehle. Da bewahre ich vieles auf: die vertrockneten Laute des Koran, all die guten Witze, die mir zu spät einfallen, die Briefe an Noreen, in denen ich ihr schreibe, wie lieb ich sie habe.

————

Zu Hause ist mein Sternbild aus Schwestermüttern zerbrochen. Manchmal kommt Noreen am Wochenende aus dem College zurück, aber meistens nicht. Aisha fühlt sich weit weg an. Ich erkenne sie nicht wieder. Sie ist viel mit ihren Freunden vom Schwimmteam unterwegs. Wenn sie nach Hause kommt, sitzt sie am Computer, macht bis spät in die Nacht ihre Hausaufgaben, ist gereizt, wenn ich sie anspreche. Meine Schwestermütter sind beide auf ihren eigenen Booten, auf unterschiedlichen Meeren. Ich warte am Ufer, dass sie zurückkommen. Ich weiß nicht, wo mein Boot ist, oder mein Meer. Mein Körper sieht falsch aus, die Hüften ein wenig breiter, die Brüste drücken sich aus dem Brustkorb raus. Ich halte Ausschau nach meinem eigenen Boot, nach etwas, das mich fortbringen kann.

Im zweiten Jahr auf der Highschool ist Bobby Perez in meinem Physikkurs, der Junge, der früher Wolken im Haar hatte. Wir sind etwa fünfundzwanzig in diesem Kurs, genug, dass ich darin untergehen kann. Er ist noch immer das Allerschönste, was ich je gesehen habe: Die Wangenknochen hoch wie Berge, das Piercing in seinem linken Ohr funkelt durch den Raum, seine Wärme besonnt alles. Er weiß genau, was er ist: ein Junge, ohne andere Körper, die ihn bewohnen. Ein Junge, der sich mit der Selbstsicherheit der Sonne bewegt. Ein Junge, der strahlt.

Ich warte an der Haltestelle auf meinen Bus, als er kommt. Bobby Perez. Cool genug, um in der Highschool noch einen Spider-Man-Rucksack zu tragen und dafür nicht ausgelacht zu werden. Mit Adidas-Schweißbändern, die seine Haut berühren. *Hey, Pocahontas*, sagt er, als er zum ersten Mal seit unserer gemeinsamen Pausenhofzeit wieder mit mir spricht. Wir wohnen in unterschiedlichen Richtungen, aber er wartet trotzdem mit mir zusammen und sagt, er rennt zu seinem Bus, wenn er ihn sieht. Er redet über Miss Adams und dass er glaubt, im Physiktest durchzufallen, weil er sich die Gleichungen nicht merken kann. Ich weiß nicht, warum er sich mit mir abgibt. Wahrscheinlich, weil ich schlau bin und er von mir abschreiben will. *Das ist deiner, oder?*, fragt er, als die 84 auf uns zuschnauft wie eine alte Oma. Keine Ahnung, woher er das weiß. *Jo.* Wir sehen zu, wie die Fahrgäste sich anstellen. Langsam steigen alle ein, zahlen den Fahrpreis. *Steigst du nicht ein?*, fragt er auffordernd, und seine Augen bohren sich zum ersten Mal in meine. *Ich glaub nicht*, sage ich, und wir sehen beide dem Bus nach, wie er sich knatternd davonmacht.

Jetzt ist es still, unsere Seite des Busbahnhofs leer, die Luft schwer von dem, was ich soeben getan habe. In der Ferne entdecke ich die 10. *Da kommt deiner*, informiere ich ihn, weil er mich immer noch anschaut. Er blinzelt nicht einmal. *Oh*, sagt er, so leise, dass ich es fast überhöre, als sein Bus fortzuckelt.

Am nächsten Tag nehmen Aisha und ich den Bus zum Stoffladen, in dem wir öfter mit Tante waren. Als wir am Busbahnhof stehen, denke ich an Bobby; wie er mich angesehen
hat. Wie nah seine Hände an meinen waren. Wie die Zeit sich
verlangsamte. Im Stoffladen ist Aisha genervt und meint, ich
würde gar nicht richtig hinschauen, beschwert sich, dass ich
im Bus kein Wort mit ihr gesprochen habe. Wir wählen eine
lange schwarze Stoffbahn aus. Als wir nach Hause kommen,
geht Aisha zu Omar und versucht, mit ihm zu flirten, legt eine
Hand an die Hüfte und klimpert mit den Augenlidern.

Omar. Ist da zufällig irgendwo ein Hammer bei dir?

Er gibt ihn uns und ist höflich dabei, will aber weiter nichts
von ihr wissen. Aisha schmollt, als wir in unsere Wohnung
zurückgehen. Auf den Küchenstühlen balancierend, heften
wir den Stoff vor unser Schlafzimmer. Er wird zur Tür, die
unsere Körper schützt, während wir uns umziehen, während
wir schlafen.

Morgens sind Männer auf der anderen Seite des Raumteilers aus Stoff. Ihre Stimmen sickern zu mir durch, und meine Augen öffnen sich. Onkel ███████ empfängt Männer im Wohnzimmer. Sie reden über Bauarbeiten, ihr Pandschabi donnert durch die Wohnung, elektrisch und lebendig. *Was wollen die hier?*, nuschelt Aisha, noch im Halbschlaf. Durch den Stoffschleier, durch den Schleier meines Schlafs, nehme ich ihre Bewegungen wahr. Ihre Körper sind ein langsamer Tanz, ein Sich-Wiegen auf der Couch, ein Kuss von Teetasse an Lippe. Nicht einmal diese Einzimmerwohnung gehört uns ganz, wir sind Anhängsel im Hinterzimmer. Überall um uns herum türmen sich Männer auf. Ich muss pinkeln. Aber ich will unser Schlafzimmer nicht verlassen, solange sie hier sind. Ihre Schatten groß, ihre Stimmen schlucken allen Raum in der Wohnung.

Beim Mittagessen, als ich an seinem Tisch vorbeigehe, höre ich, wie Bobby zu seinen Jungs sagt: *Das da vorne ist mein Herz*, und sie alle blicken zu mir auf, beobachten, wie mein Körper leicht pulsiert, wie mein Gesicht vor Verlegenheit errötet. Es ist jetzt in meinen Wangen, das Rot kriecht mir unter die braune Haut.

Im Badezimmer mustere ich prüfend meine Hände, die langen Finger. Ich schaue mir meine Augen an, *Käferaugen* nennt sie Noreen, sie nehmen mein halbes Gesicht ein. Meine Wangenknochen, kleine Spitzen. Ich starre und starre, finde aber kein anderes Herz zum Hergeben. Nur meines: ein bisschen von Noreens, ein bisschen von Aishas.

Als ich ins Klassenzimmer komme, zwinkert er mir zu. Er lacht, sein ganzes Sein ist eine Sonne, alle sind mit ihm verbunden. Ich will zu ihm gehen, ihm sagen, dass er sich irrt. Sein Herz ist nicht bei mir. Oder vielleicht habe ich es verlegt. Aber ich weiß nicht, wann er es mir gegeben hat, und es kommt mir ungerecht vor: für etwas verantwortlich zu sein, um das ich nicht gebeten habe.

Das da vorne ist mein Herz.

Und mein dämliches Hirn hört nicht auf, es ständig zu wiederholen, in Dauerschleife, immer wieder. Und vielleicht ist es gar nicht so schlecht, zu jemand anderem zu gehören. Der Körper von jemand anderem zu sein.

Wart ihr euch nahe, du und meine Mom?,

frage ich Onkel ████ eines Tages, als er an den Rohren unter der Spüle rumbastelt und eine undichte Stelle zu reparieren versucht. Sein Gesicht sehe ich nicht, es steckt im Unterschrank. Bloß seine Beine, lang ausgestreckt, das Loch in seinem Pullover, das sich im Rhythmus der Arme mitbewegt, das dünne weiße Hemd darunter.

Früher schon. Als wir jünger waren.

Ich versuche, ihn mir in jung vorzustellen. Mit vollem braunem Haar, raspelkurz geschnitten. Feiner Flaum auf der Oberlippe. Alle Zähne an Ort und Stelle. Das Gesicht faltenlos.

Was ist passiert?

Eine Pause, als das Loch in seinem Pullover innehält. Die Arme reglos. Die Luft auf Stand-by. Kurz denke ich, er antwortet vielleicht.

Hör auf, mir Fragen zu stellen.

Bobby hängt wieder mit seinen Jungs ab. Vor Schulbeginn sind alle draußen, rennen wild herum, ehe es zum Unterricht klingelt. Die Mauer ist wie das Wasserloch in den Naturdokus, die unser Geschichtslehrer manchmal zeigt. Je cooler du bist, desto näher kommst du an sie ran. Und da ist er: Sitzt mitten darauf, thront wie ein Löwe. Die Sonnenstrahlen erhellen sein Gesicht, lassen die braune Haut glitzern, seine Freunde umrahmen ihn. Er könnte ein Gemälde in einem Museum sein. Ein Letztes Abendmahl.

Wir sind so weit voneinander entfernt, dass es sich anfühlt, als wären wir überhaupt nicht auf derselben Schule. Ich vergrabe die Hände in den Jackentaschen, damit sie warm bleiben; Aisha hat heute Morgen meine Handschuhe genommen. Ich starre an ihm vorbei, auf die Bibliothek, auf das kleine Türmchen, das an den Himmel stupst. Ich atme aus und beobachte, wie mein Atem sich vor dem Mund sammelt. Ich verstehe nicht, wie er mich so ansehen kann, wie vor zwei Tagen, als wir beide nichts von zu Hause wissen wollten, und mich dann heute komplett ignorieren.

Es ist, als gäbe es mich gar nicht, was wohl im Grunde schon immer so war. Als es klingelt, brechen die Grüppchen auseinander, die Rudel trennen sich, bewegen sich zu ihren Klassenzimmern. Er ist von der Mauer gesprungen, hat den Arm um Kareena gelegt, all seine Jungs umkreisen ihn. Kareena ist wunderschön: langes schwarzes Haar in einem langen Zopf, runde, glatte Wangen, ein Muttermal, das über ihrer Lippe tanzt, braune Haut. Wenn sie durch die Flure geht, teilt sich die Menge um sie. Und das Schlimmste ist: Sie ist so nett, dass ich sie nicht hassen kann. Sie sagt mir jeden Morgen an meinem Schließfach Hi, erinnert sich an meinen Namen, lächelt, wenn wir uns im Flur begegnen. Sie wirkt wie ein Mädchen, das mir nicht andauernd das Wort abschneiden würde, ein Mädchen, das meiner Stimme Raum ließe. Natürlich muss sein Arm ihr gehören.

Meine Beine sind heute so langsam. Sie fühlen sich an, als wären sie von tausend Kareenas geknufft worden. Wieder spüre ich es: die trübe Flamme in mir, das Verlangen, in der Haut von jemand anderem zu stecken. Meine eigene Haut verflucht, zu heiß. Ich trotte die Stufen hoch, vorbei an den Häufchen weggeworfener Hühnerknochen, die immer dort zu liegen scheinen, zu jeder Tageszeit. Als ich endlich im Physikraum ankomme, bin ich so müde, dass ich nur noch nach Hause und zurück ins Bett will. Als Abschlussprojekt machen wir Windräder, berechnen, in welchem Winkel wir die Rotorblätter anbringen müssen, um den Wind optimal zu nutzen. Am anderen Ende des Klassenzimmers lacht er, und ich zwinge mich, nicht hinzusehen. Mein Körper fühlt sich krank an, zu heiß. Mein Körper droht, in Flammen aufzugehen, und um mich herum arbeiten alle vor sich hin, völlig nichtsahnend. Ich bitte darum, auf Toilette gehen zu dürfen. Kurz denke ich, dass er mich beim Rausgehen beobachtet. Aber als ich mich umdrehe, redet er gerade mit Adrian; ich muss es mir eingebildet haben.

Die Flure sind leer: glatt, steril, wo Minuten zuvor noch so viele Schülerinnen und Schüler zum Unterricht unterwegs waren, dass ich kaum atmen konnte. Absolutes Chaos und absolute Stille. Das ist der Lauf der Welt. Ohne Menschen sieht es hier aus wie in einem Krankenhauszimmer, und vielleicht brauche ich genau das. Ich lehne den Kopf an ein Schließfach, das kühle Metall beruhigt mich. Der Rauch meines Körpers verfliegt, meine Füße sind am Boden. Ich existiere. Ich berühre das Schließfach, meine Finger malen meinen Namen darauf. Ich bin hier.

Bei dir alles okay?

————

Und da ist er, seine braunen Augen sind Brunnen voll Sorge. Ich drehe mich um, den Rücken am Schließfach, und er macht einen Schritt auf mich zu. Seine Wimpern sind so lang, dass sie wie meine aussehen, als könnten sie sich, wenn sie wollten, ausstrecken und mich berühren. Er ist mir zu nah, ich spüre, wie mir wieder schwindlig wird.

Mir geht's nicht so gut.

Ich hebe die Hand, um ihn auf Distanz zu halten, aber er achtet nicht darauf. Er drängt sich an mich, meine Hand wird zwischen uns platt gedrückt. Ich spüre seinen Atem an meinem Hals, seine Finger gleiten um meine Taille.

Meine Stimme ist weg, irgendwo weit entfernt, wo ich nicht hinkomme, platt gedrückt an seiner Brust. Ich versuche, mich von ihm wegzustoßen, mein Körper so heiß, dass ich wieder Angst kriege. Mit einer Hand packt er meine Handgelenke und hält sie fest. Ich kann mich nicht rühren. Ich hatte keine Ahnung, dass er so stark ist. Seine andere Hand schiebt sich unter mein Shirt, und ich wimmere, winde mich. Niemand hat mich je so berührt, seine Finger gleiten meinen Bauch hoch, drängen sich unter mein BH-Polster. Mein Knie zuckt vor, drückt gegen seinen Schenkel, und er presst seinen Körper an meinen, presst mich in das Schließfach.

Hör auf. Willst du mich in Schwierigkeiten bringen?

Tief in mir drin spüre ich, wie mein Körper sich von meinem Körper löst. Ich trete aus mir heraus und beobachte, wie mein anderer Körper gegen ihn sackt, ihre Augen am Boden, sie blickt auf die Fliesen. Ich will nicht in die Hölle kommen. Und ich will ihn nicht in Schwierigkeiten bringen. Also gehe ich den Flur entlang und staune, wie still alles ist, während seine Finger unter den Hosenbund meines anderen Körpers gleiten, während er ihren Slip zur Seite schiebt, während sie so ruhig wird, als würde sie gar nicht existieren.

Zurück im Physikraum zeichne ich mein Rotorblatt vor. Am anderen Ende des Zimmers schnuppern all seine Jungs nacheinander an seinen Fingern. *Das da vorne ist mein Herz.* Sie lachen so laut, dass sie Ärger von Miss Adams kriegen. *Also wirklich,* schnaubt sie. Ich will ihn nicht ansehen. Ich lege den Kopf auf den Tisch, spüre die Kälte an meinem Hals. Als Miss Adams rüberkommt und fragt, ob ich im Unterricht den Kopf oben lassen kann, sage ich, dass es mir nicht so gut geht. Ich spüre seinen Blick auf mir. Ich denke daran, dass mein Rotorblatt aus Bambus sein wird, weich und zart unter den Fingern. Wie es den Wind einfangen, wie es sich durch einen einzigen Hauch in Bewegung setzen wird.

Heute habe ich keinen Hunger, mein Magen drängt so stark gegen sich selbst, dass es wehtut, also lasse ich das kostenlose Mittagessen aus und setze mich ins Gras. Ich habe mir einen Saft mitgenommen, etwas, von dem ich dachte, dass ich mich dadurch besser fühlen würde. Alles war so laut, und ich brauche einfach ein wenig Ruhe. Es fühlt sich an, als wäre mir etwas weggenommen worden, aber ich weiß nicht genau, was. Ich denke daran, wie er mich angesehen hat, als würde ich ihm gehören. Ich denke an meinen Geruch an seinen Fingern. Wie er ihn seinen Freunden vorgeführt hat. Ich gehöre jetzt ihm. Ich weiß, wenn ich Aisha deswegen frage, wird sie sauer auf mich sein. Ich hebe einen Zweig auf und stochere im Dreck. Eine Ameisenfamilie arbeitet gemeinsam an ihrer Erdwohnung. Ich schaue zu, wie sie übereinanderkrabbeln und winzige Körnchen Nahrung zu ihrem Zuhause tragen. Sogar Ameisen haben ein Zuhause. Sogar Ameisen haben Familie. Ich nehme meinen Saft und übergieße sie langsam damit, sehe ihnen allen beim Ertrinken zu, zerquetsche jede, die zu entkommen versucht, zwischen den Fingern.

Ich frage mich, wie viele Körper sich von ihren anderen Körpern lösen, wie viele Körper mehrere Körper in sich tragen. Wie bei Aisha, die manchmal so missmutig wird, dass sie verstummt, in derart langen Shorts, dass sie wie Jogginghosen aussehen, derart weiten Shirts, dass ich mich frage, ob überhaupt ein Körper drinsteckt. Wenn das passiert, rufe ich *Aisha, Aisha,* aber sie reagiert nicht mehr auf ihren Namen, starrt einfach nur durch den Stoffvorhang, wartet.

Nach ein paar Stunden kommt sie jedes Mal wieder zurück, hat ein gelbes Sommerkleid angezogen, schmiert sich Noreens Make-up aus dem Ein-Dollar-Laden auf die Lippen. Und auch das ist eine Aisha, die ich noch nie gesehen habe, eine Aisha mit Schlüsselbeinen und Brüsten, eine Aisha, die in den Stöckelschuhen ihrer Freundin umherschwankt und auf dem Bürgersteig Black and Milds raucht, eine Aisha, die Teil dieser Welt ist, statt darüberzustehen.

Auch Noreen hat einen anderen Körper. Er bewegt sich im Einklang mit ihren neuen College-Freunden, lacht, scherzt. Noreens anderer Körper hat uns hinter sich gelassen. Sie kann sich mühelos integrieren, kann uns fortheucheln. Unsere zusammengekürzte Geschichte, quasi ein Nachsatz; *ach ja, meine zwei Schwestern.* Als wären wir nur das, als wären wir einander nicht das Ein und Alles unserer gesamten jeweiligen Welten.

Noreens anderer Körper hat dunstig verschwommene Ränder, wie die Nacht. Hätte Noreens anderer Körper einen Namen, klänge er kurz und süß. Etwas wie Noor. Fast das, was sie von Geburt an hätte sein können und wozu sie nun aus eigenen Stücken geworden ist. An manchen Wochenenden kommt sie nach Hause, und unsere Wohnung ist ihr nicht gut genug. *Ich hätte im Wohnheim bleiben sollen*, sagt sie, *Wohnheim*, kommt es ihr derart lässig über die Lippen. Aisha und ich starren uns an, genervt von ihrer Flucht.

Immer wenn Noreens anderer Körper zurückkommt, schläft sie lange aus. Sie bringt uns was von ihrem College-Essen mit, das sie vergünstigt auf dem Campus kriegt. Brot, Hähnchenbrust, Makkaroni-Auflauf. Ich pule die Rinde vom Brot und rolle das Innere zu einer weißen Kugel. So esse ich es, derart verdichtet, dass es mir wie eine vollwertige Mahlzeit vorkommt.

Jetzt, wo die Wohnung nebenan fertig ist, ist Omar weg. Onkel ███████ hat ihn rausgeschmissen, damit er sie teurer vermieten kann. Statt Omar wohnt nun ein neues pakistanisches Pärchen dort. Mein Kopf ist ein Durcheinander aus Leuten, die einziehen und wieder verschwinden. Ich komme nicht hinterher.

Als ich sie kriege, passiert es auf der Toilette. So spät, dass ich all meinen Freundinnen schon lange vormache, ich hätte sie seit Jahren. Die Klumpen sind nahezu dunkelbraun, brockig. Vermischt mit Pisse und Wasser strudeln sie im Kreis, dehnen sich aus und fallen zusammen, atmen ein und aus, Quallen aus Blut. Ich knie mich auf den Boden und betrachte sie, wirbelnde Toilettenwollmäuse. Es hat nicht mal wehgetan. Ist einfach durch mich hindurchgegangen, so gut wie unbemerkt.

Noreen ist im College. Ich will sie nicht anrufen und stören, also störe ich stattdessen Aisha.

Ich habe meine Periode gekriegt, sage ich, meine Zähne knacken einen Apfel, ich versuche, die Aufmerksamkeit von Aisha zu erhaschen, die auf dem Sofa sitzt.

Willst du jetzt einen verfickten Keks dafür?, fragt sie und guckt weiter in ihr Buch.

Manchmal ist Onkel ███████ da und manchmal nicht. Wenn es mit dem Geld läuft, wenn er Aktien gekauft hat, die was einbringen, oder wenn er sich langweilt, schaut er bei uns vorbei. Dann spielt er Helikopter. Er hängt über uns – fragt uns aus, will unsere Stundenpläne sehen, regt sich auf, dass wir nicht genug putzen. Er nimmt uns mit zu Costco, lässt uns für mehrere Wochen Vorräte einkaufen und besorgt Lebensmittel. Er nimmt uns und unsere Freundinnen mit in günstige Büfett-Restaurants und zahlt die gesamte Rechnung. Er bringt uns von seiner Reise nach New York billig nachgemachte Gucci-Taschen mit. Manchmal grillt er hinter dem Haus und brutzelt das Fleisch durcher als durch. *Das Blut darf man nie mitessen*, sagt er, und wir nicken, unsere Plastikteller voller Pilze und Chutney. Wenn er da ist, sieht er, was wir kochen, schiebt seinen Teller über die Küchentheke zu mir hin, und ich schaufele ihm Pasta und angebrannte Tomatensauce auf. Wenn er da ist, gibt er uns Geld für Taco Bell oder die Pizzeria um die Ecke. Er steht mit seiner Kamera draußen hinter dem Wohnblock und filmt die Eichhörnchen, erläutert jede ihrer Bewegungen. Wie sie auf die Futterspender für Vögel hüpfen und alle Körner auffressen. *Die Tiere fehlen euch*, sagt er und gibt uns zehn Dollar. Wir drei nehmen das Geld, überrascht, dass es ihm aufgefallen ist. Wir fahren quer durch die Stadt zu meiner Freundin Dominique, suchen uns aus dem Wurf ihrer Katze ein Kätz-

chen aus, eine kleine, flauschige Schwarz-Weiße. Nennen sie
Oreo. Wir halten die Transportbox behutsam fest, während
wir mit dem Bus zurückfahren, das sanfte, winselnde Miauen
des Kätzchens zwischen uns.

Wenn er da ist, fährt er uns zum Fußballtraining. Er fährt uns zu unseren Freundinnen. Wenn er da ist, lädt er seine Freunde ins Wohnzimmer ein, weil er weiß, dass er sie nicht in seine eigene Wohnung ganz in der Nähe mitnehmen kann, die so mit Kartons voller Papiere zugestellt ist, dass man kaum einen Fuß vor den anderen kriegt. Sie sitzen auf dem Sofa, und ich sage: *Salaam, Onkels*, als ich an ihnen vorübergehe, mich aufs Schlafzimmer zubewege, wo ich allein sein kann. *Salaam, Beti,* erwidern sie, und durch den Vorhang höre ich sie darüber sprechen, wie schlau ich bin, und maschallah, was für ein gutes Mädchen aus mir geworden ist. Er erzählt ihnen von Aisha, sagt, sie sei bald so weit, zu heiraten. Aisha schnaubt höhnisch, wirft das Haar über die Schulter. *Ich heirate keinen von deren beschissenen Dreckssöhnen.* Wenn sie gehen, setzt er sich an den Computer, das Gesicht im Widerschein, und klickt und klickt. Verfolgt die Aktienkurse. *Okay, wir gehen jetzt schlafen,* meint Aisha, und er nickt, als wir nacheinander in unser Zimmer verschwinden, dankbar für Aishas Weitblick, den Vorhang zu besorgen. Aisha und ich teilen uns das breite Einzelbett. Wenn Noreen vom College nach Hause kommt, ziehen wir das Ausziehbett hervor, und sie schläft dort. *Warum ist er immer noch hier? Er hat seine eigene Wohnung gleich um die Ecke*, sagt Aisha, und ich drehe mich zur Seite, genervt, dass vier Menschen in dieser Einzimmerwohnung sind. Genervt, dass uns nur ein dünnes Stück Stoff von ihm trennt. Genervt, dass unser Onkel so viel Platz für sich allein hat und trotzdem unseren mitbenutzt.

Wenn er nicht da ist, bevölkern unsere Freundinnen die Wohnung. Victoria und LeLe lungern auf der Couch rum, Ariel auf dem Teppich, Aisha auf dem Fußhocker. Der Kastenventilator am Boden kühlt uns, wir alle kämpfen darum, direkt davor zu sitzen, schreien hinein, weil er unsere Stimmen verzerrt, sie rund um die Wohnung biegt. Wir sind Mädchen ganz für uns, und alle wollen vorbeikommen, damit wir ohne irgendwen in der Nähe über Sex reden können. Nicht, dass wir Ahnung von Sex hätten, abgesehen von dem Kram, den wir im Fernsehen mitkriegen. *Man kann mit jemandem bumsen, aber wenn man Schwänze lutscht, ist man eklig*, sagt Ariel, und wir nicken. *Wenn man nackt bumst, ist man eklig. Man sollte sein T-Shirt anlassen*, sagt Victoria, und wir merken es uns gut. Nacktheit gleich eklig.

Aisha und ich gucken uns an, und dann gucken wir weg. Unsere Scham schließt uns in uns selbst ein. Bumsen. Wir reden nicht übers Bumsen. Bumsen ist etwas, von dem wir aus dem Koran gelernt haben, dass man es nicht tut, sonst wird Allah wütend auf uns. Und Allah ist eh schon wütend, hat uns unsere Eltern und Meemoo und Tante weggenommen, daher wissen wir, dass wir Allah nicht noch wütender machen sollten, damit er nicht noch irgendwas anderes wegnimmt.

Um Allah nicht wütend zu machen, ist es entscheidend, nicht davon zu sprechen, alles ungesagt zu lassen. Aber hier hocken unsere Freundinnen und reden einfach so vom Bumsen, als müsste jede von uns wissen, was das ist, als wäre Bumsen für alle da.

Unsere Lebensmittel gehen zur Neige, und Aisha nimmt was von dem Geld, das sie fürs College gespart hat. In den Sommerferien arbeitet sie bei T. J. Maxx und schiebt zwischen Schwimmtraining und Wettkämpfen ihre Schichten ein. Wir haben Onkel ████ angerufen und ihn um Geld gebeten. Er ist sauer geworden und hat aufgelegt. Aisha hat es immer wieder bei ihm probiert. Ein endloses Fangenspiel per Telefon. Er vergisst, dass wir etwas zu essen brauchen. Er vergisst, uns zu füttern.

Ihr seid so teuer, sagt er, dabei wissen wir, dass seine Söhne schon ihr ganzes Leben auf die Privatschule gehen. Der Staat gibt ihm jeden Monat Geld für uns. Wir wissen, dass unser Dad uns etwas vererbt hat. Onkel hat auf unsere Namen Bankkonten eröffnet. Wir beobachten, wie er vor dem Computer sitzt, Aktienkurse checkt, die Haut fahl im Schein des Bildschirms, er schiebt das Geld unseres toten Vaters von Konto zu Konto.

Wir könnten so viel rauskriegen, murmelt er vor sich hin, das Weiß seiner Augen gelb verfärbt. Oreo miaut und streicht um unsere Beine. Wir stehen vor dem offenen Kühlschrank, starren in die leeren Fächer und fragen uns, was man aus den Resten in den Küchenschränken rauskriegen könnte. Ramen-Gewürz auf Doritos. Abgepackter Zebrakuchen. Scharfe Knusperstangen. Uralte Lutscher. Leckmuscheln. Bagels. Ein

Bottich Frischkäse. Erdnussbutter. Schimmliges Brot. Müsli. Nudelsauce auf Crackern. Dosensuppe. Joghurt aus der Tube. Center Shocks. Instantnudeln. Eine angebrochene Dose Thunfisch. Er sagt, er zahlt uns das Geld zurück, aber er tut es nicht. Oreo braucht Katzenfutter. Ihr Katzenklo stinkt und wird immer voller und klumpiger. Wir vergessen, es zu putzen. Meine Schwestern sind die Erwachsenen im Haus, sie kümmern sich um alles. *Lass es noch dauern, lass es noch reichen.* Und wir sorgen dafür.

Aisha auf dem Fahrersitz von Onkel ▆▆▆▆s himmelblauem Cadillac, offenes Fenster, die Finger spielen den Wind. Ich auf dem Beifahrersitz, mit den Füßen auf Aishas türkisfarbenem batteriebetriebenem Ghettoblaster, aus dem Ja Rule dröhnt. Onkel ▆▆▆▆ ist irgendwo – in seiner Wohnhöhle oder bei seiner Familie – und hat seine Autoschlüssel bei uns in der Küche liegen lassen. Also hat Aisha, ganz verantwortungsvolle Schwestermutter, mir befohlen, verdammt noch mal meinen Arsch hochzukriegen und einzusteigen. Ihre Beine lugen aus den Basketballshorts, das Haar hat sie zusammengebunden. Meine Schwester, frei. Denkt nicht an Essensvorräte, oder Geld fürs College, oder ob ich heute was zum Mittag hatte. Ist bloß ein Mädchen, das der Nacht gehört. Bloß ein Mädchen, das ein Auto klaut, es sich zum Spaß einfach nimmt. *You got a girl that'll ride ride ride*, singt sie zusammen mit Ashanti, unserer Koteletten-Queen, unserer Hoffnung. Das Lächeln bricht über ihr Gesicht herein, wie ein pink aufglühender Sonnenaufgang. Meine Schwestermutter, mein anderer Gott – jünger als Noreen, aber nicht weniger göttlich. Ein Gott aus eigenem Recht. Gott der Nacht; Gott der Sterne. Gott des Ghettoblasters. Gott des Windes in ihrem Haar. So fährt sie, über die Brücken, die Straßen dehnen sich gewunden vor uns aus. Wir zwei, im Auto. Die ganze Stadt, für uns.

Während der Physikstunde gehe ich nicht mehr auf die Toilette. Ich blicke stur geradeaus, und doch spüre ich, wie seine Augen sich in mich hineinbohren. An den meisten Tagen ist es leicht, er hängt mit seinen Jungs ab, oder er hat den Arm um Kareena gelegt, und ich weiß, dass alles okay ist, weil andere den Platz um ihn einnehmen. Sie ist das Mädchen, das er öffentlich in die Arme schließt. Ich bin das Mädchen, in das er heimlich die Finger schiebt. Wir unterscheiden uns, aber in beiden Fällen ist er der Sieger, immer ist da ein Mädchen, nach dem er die Hand ausstrecken kann. Meine Hände sind unter dem Tisch ineinander verknotet. Onkel ███ hat gesagt, ich hätte Klavierhände, Chirurginnenhände, wie meine Mutter.

Es ist schon so lange her, dass es scheint, als ob Bobby mich vergessen hat. Nach der Schule ist er beim Training, und ich bin im Theaterkurs, also warten wir nicht zur selben Zeit auf den Bus. Im Unterricht sitze ich weit von ihm entfernt. Wir sind in unterschiedlichen Dschungeln. Doch dann, eines Tages, draußen vor der Schule, sehe ich ihn mit Kareena streiten. Sie weint, aber ich verstehe nicht, was sie sagt. Er wirkt traurig, streckt die Hand aus, als wollte er sie dazu bringen, stillzuhalten, ihn anzusehen. Aber das tut sie nicht. Und dann läuft er nicht mehr neben Kareena her. Er legt nicht mehr den Arm um sie.

Ich spüre, wie er mich beobachtet. Je mehr Zeit vergeht, desto doller starrt er. Im Unterricht rückt er näher und näher, bis er direkt hinter mir sitzt. Eine Woche lang sagt er gar nichts. Bis mein Name auf seinen Lippen ist, ein kleines Lied, das er wispert. *Kausar. Kausar.* Vielleicht ist das der Durchgang, den ich gesucht habe. Bald tun es alle seine Freunde, ein kleiner Chor in meinem Rücken. Mein Name, zuckersüß auf den Lippen all der Jungs. Mir ist klar, wenn ich ihn nicht aufhalte, bringt er mich in Schwierigkeiten.

Er holt mich nach dem Unterricht im Treppenhaus ein. Ich weiß, die Stufen sind dreckig, aber ich traue meinen Knien nicht, also setze ich mich trotzdem hin, neben eine auf den Boden geworfene Burgerschachtel. Er kommt auf mich zu, und ich staune, wie viel Selbstsicherheit sein Körper verströmt, wie er Raum einnimmt. Er hat die Hände in den Hosentaschen, eine breite Brust; meine Hände sind miteinander verknotet, mein ganzer Körper sackt zum Brustkorb hin ein. Er blickt nie zu Boden; er lässt nie die Schultern hängen. Ich kann nicht sagen, ob ich in ihn verliebt bin oder ob ich er sein will.

Warum redest du nicht mehr mit mir?

Der Schmerz in seiner Stimme überrascht mich, er hat die Arme vor der Brust verschränkt, als könnte ich ihm wehtun. Es überrascht mich auch, wie seine Augen mild werden, die zarte Bewegung in seinem Kinn, als er sich auf die Zunge beißt. Mein Mund ist so trocken, dass ich mir nicht vorstellen kann, irgendetwas zu sagen. Ich denke an seine um Kareena geschlungenen Arme. An die Bushaltestelle. An meinen anderen, gegen das Schließfach sackenden Körper. An all seine Freunde, die an seinen Fingern riechen. Daran, wie ich mich wegen ihm von mir selbst lösen will.

Du bist so schön.

Das hat noch niemand zu mir gesagt, und ich weiß, dass es nicht stimmen kann. Ich habe keine Ahnung, was er vor sich sieht: ein Mädchen, das wirklich ein Mädchen ist, oder das, was ich bin: ein Mädchen, das nur so tut. Ich brauche ein bisschen Raum zum Nachdenken, versuche, zwischen uns die Hand zu heben, aber sie steckt schon wieder in seinem Griff. Er starrt mich an wie an dem Tag am Busbahnhof, als würde er jeden Bus fahren lassen, um weiter hinzusehen.

Mein Körper hat sich erneut abgelöst. Und dann wieder ange-
heftet. Er löst und heftet sich in so rascher Folge, dass es wehtut, so rasch, dass mir schwindlig davon wird. Seine Faust ist
dermaßen fest geschlossen, dass ich die Finger nicht bewegen
kann, als hätte er Angst, ich könnte verschwinden, einfach in
mich selbst hinein vergehen.

Kareena sagt mir nicht mehr Hi. Sie geht einfach an mir vorbei, wenn ich an meinem Schließfach stehe, ihr Blick entschlossen und stur geradeaus. Ich beobachte, wie ihr langer schwarzer Zopf um die Flurecke verschwindet. Ich denke daran, wie gern ich ihre Freundin gewesen wäre.

Ich hatte eure Mom sehr gern,

sagt Onkel ███ eines Sommerabends, als er bei uns ist und sich um uns zu kümmern versucht, das Hühnchen auf dem Grill anstupst, das bereits angebrannt ist. Aisha ist mit ihren Freundinnen unterwegs, Noreen bei der Arbeit. Ich komme bald ins dritte Jahr der Highschool und grüble darüber nach, wie viele Vorbereitungskurse fürs College ich nächstes Schuljahr belegen kann, ohne dass es mir zu viel wird. Oreo sitzt drinnen am Fenster und beobachtet uns.

Warum wart ihr euch alle irgendwann nicht mehr nahe?,

frage ich, während seine Hände die Grillspieße wenden. Sogar von meinem Platz aus sind die feinen Härchen auf seinen Fingern zu sehen.

Manchmal werden die kleinen Dinge zu was Größerem.

Tagsüber werde ich überwacht, erfasst. Doch die Nacht öffnet all ihre Türen. Ich entknote mich von Aisha. Mache einen Schritt über Noreen, die gerade zu Hause ist. Bobby sitzt draußen im Auto seines Vaters und wartet auf mich. Ich steige ein und bitte ihn, die Augen zu schließen. Ich ziehe eines der Kleider an, die Noreen vor so langer Zeit mitgebracht hat, eines, mit dem ich normalerweise nicht aus dem Haus gehen könnte. Ein schwarzes, das mir nur bis zur Mitte der Oberschenkel reicht; ich ziehe es über meine nackten Knie, damit mir nicht kalt wird. Und er fährt los. Wir sind so erwachsen: im vorletzten Jahr der Highschool, ein Auto, eine Wohnung, nackte Beine.

Wir sind kein Paar. Manchmal ist Bobby mit Kareena zusammen, manchmal nicht. Sie redet noch immer nicht mit mir. Manchmal sieht er mich an, manchmal nicht. Heute Abend sitzt er neben mir, fährt, sein Blick auf meinen Schenkeln.

Ich glaube, ich hab noch nie deine Beine gesehen.

Wir kommen an, wo er mit mir hinwill. An einem See, an dem er im Sommer öfter mit seinem Dad war, vierzig Autominuten entfernt. Heute Abend sind nur wir hier, schleichen uns unter der Absperrung durch. Das Wasser drängt sich kalt gegen unsere Waden, ruft uns tiefer hinein.

Wir könnten die ganze Nacht im Gras verbringen, mit dem Mond genau dort oben. Wir sehen zu, wie Blitze den Himmel röntgen. Bobby legt sich neben mich, auf die dünne Decke, die er mitgebracht hat. Er streckt die Hand nach meiner aus. Ich spüre einen Funken des Feuers in mir, die glühende Asche heizt sich auf. Ich blicke auf seine Hand. Mit den Fingern berührt er mein Bein, und gleitet dann höher. Die Glut in meinem Innern entflammt. Ich muss sie löschen.

Warte, sage ich, weil es mir zu schnell geht. Aber er lächelt bloß und bewegt die Finger weiter nach oben, berührt die Innenseite meines Schenkels.

Ich stehe auf. Gehe zu der Stelle, wo Wasser auf Land trifft. Schlamm unter den Zehen. Ich bin so warm innen drin. Ich weiß nicht, ob ich geil oder wütend bin. Ich ziehe mein Kleid aus, stehe in Unterhose und wattiertem BH da.

Hey, sagt er, und ich spüre, dass er sich aufsetzt, obwohl ich gar nicht mehr neben ihm bin. Ich gucke nicht zu ihm.

Alles ist so heiß. Mein Körper. Mein Inneres. Ich wate in den See. Die kräuselnden Wellen sind sanft. Das Wasser um meine Hüfte glatt wie ein Laken. Die Flamme lodert. Mein Stachel hebt sich hinter mir, schlägt spritzend aufs Wasser. Ich will ihn nicht in meiner Nähe haben. Ich könnte ihm wehtun.

Was machst du da?, fragt er, seine Stimme bloß ein paar Meter hinter mir. Ich drehe mich nicht um, aber ich weiß, dass er nicht mehr auf der Decke ist, steht.

Komm mir nicht nach, sage ich, meine Stimme herrisch, Stachel und Hitze verleihen ihr Kraft, wie an dem Tag, als wir vor dem Haus von Onkel ███████s Frau standen.

Bobby kann nicht schwimmen. Er bleibt, wo das Wasser seine Waden leckt. Ich wate tiefer hinein. Bis meine Zehen keinen Sand mehr berühren. Bis ich auf dem Rücken treibe.

Stopp. Ich höre ihn. Aber er klingt eine Welt entfernt.

Das Wasser ist so schwarz, dass es in den Himmel übergeht. Es plätschert sanft gegen meine Ohren, ein gütiger Schleier. Ich höre nicht, wie er meinen Namen ruft. Mein Inneres ist so heiß; ich zische im Wasser. Auf diese Art hier draußen auf dem Rücken treibend, mit all der Schwärze um mich herum, fühle ich mich nicht so einsam. Mein Körper bleibt in meinem Körper. Er kann nirgendwo anders hin.

Bobby ruft mich, aber ich unterhalte mich gerade mit dem Mond. Er flimmert von Orange zu Perlmutt. Wenn mein Ohr übers Wasser steigt, höre ich seine Stimme, wenn ich wieder untertauche, ist sie weg. Die Blitzröntgenstrahlen. Gott, lass sie aufs Wasser treffen, auf meinen Körper. Nicht auf ihn da beim Gras. Gott, lass ihn in Sicherheit sein, irgendwo weit weg von mir. Wenn meine Ohren übers Wasser steigen, höre ich ihn. Seine Stimme ist rau. Seine Kehle gesplittert. Er ruft meinen Namen. Ruft und ruft. Mein Körper schaltet in der nächtlichen Kälte ab, in der Kälte des Wassers. Mein Herzschlag fleht mich an und gewinnt.

Er gewinnt immer. Ich ziehe die Arme über den Kopf, durchschneide die Finsternis, meine Finger dreschen in die Wasserstille. Mein Herz schlägt: *alhamdulillah, alhamdulillah, alhamdulillah*. Mein Inneres ist gelöscht. Meine Beine sind zu schwach, um sich zu rühren. Meine Arme paddeln zurück an Land, wo es seicht genug ist, dass ich aufzustehen versuche. Er ist im Wasser, zieht mich aus ihr heraus. Ich spüre den Zorn in seinem Körper, er wärmt seine Haut.

———

Was zur Hölle stimmt nicht mit dir?, fragt er immer wieder.

WaszurHöllestimmtnichtmitdir? Die Wörter verwischen in meinem Kopf.

Wir sind auf der Decke, sein Körper ist wie ein Laken über mich gebreitet. Ich zittere vor Kälte, und sein Mund bläst warme Luft in meine Gelenke, genau wie Tante, als sie noch bei uns gewohnt hat, wenn ich meine Handschuhe verloren hatte und meine Hände ganz kalt waren. Sein Mund ist auf meinem Knie, auf meinem Oberschenkel. Sein Mund auf meiner Hüfte, auf meinem Bauch. Sein Mund auf meinem Schlüsselbein, auf meinem Hals. Sein Mund auf meinem Mund. Seine Zunge auf meiner Zunge.

Über mir die Himmelsblitze. Eine Flamme. Außerhalb von mir.

Es gibt keinen Gott außer Gott, und von diesem Gott steigen eine Million Fäden aus der Erde auf. Von diesem Gott wächst Gras. Von diesem Gott bekommen wir Bäume. Von diesem Gott: den Mond. Und dieser Gott webt all die winzigen Schnüre zu uns nichtsnutzigen Menschen hin, verbindet sich mit unseren Nabeln wie irgendeine lang vergessene, unsichtbare Nabelschnur. Wir alle sind durch diesen Lichtstrahl an ihn gebunden, manche trüber als andere, manche so verloren, dass sie ganz von Staub überzogen sind. Jedes Mal, wenn Gott atmet, spüren wir ein Ziehen, eine Geisterlunge, von der wir uns einreden, dass es sie nicht gibt.

Ich weiß, dass er kein Gott ist, ich weiß, dass es außer Gott keinen Gott gibt. Aber wenn er sich bewegt, sehe ich die Verbindungsschnur an seinem Nabel, so golden und stark, so unverbrüchlich. Und ich weiß, dass er etwas Besonderes an sich haben muss. Ein Junge, der goldet. Ein Junge ohne Zweifel. Auch wenn ich seine Finger nicht will, auch wenn mein Körper sich anspannt, rede ich mir gut zu, einfach lockerzulassen, weil da so viel Licht um ihn ist, und um mich so viel Staub.

Ich stehe vor der Wohnung, immer noch nass vom See. Im Auto, bevor Bobby mich abgesetzt hat, habe ich wieder Jeans und T-Shirt angezogen. Er ist jetzt auf dem Weg nach Hause. Ich sehe, dass drinnen schwaches Licht brennt, und eine Gestalt, die mich durchs Fenster beobachtet. Auf meinen Händen treten Schweißperlen hervor. Meine Brust ist auf einmal kalt und klamm. Mein Handy liegt mit leerem Akku in meiner Tasche. All die verpassten Anrufe, die Warnungen von Aisha und Noreen, von denen ich niemals wissen werde.

Als ich den Wohnungsschlüssel umdrehe, ist er da. Onkel ██ ██ sitzt auf der Couch. Noreen läuft im Wohnzimmer auf und ab, Aisha besetzt den Fußhocker.

Wir sind dermaßen überwacht. Er weiß immer Bescheid. Obwohl er gar nicht da ist.

Wo warst du?, fragt er, mit ruhiger Stimme, doch jede Silbe randvoll mit Gift.

Meine eigene Stimme erstirbt mir in der Kehle. Er steht auf. So still, dass es einen gruselt. Mein Rücken drängt gegen die Wand.

Warst du mit einem Jungen zusammen? Hattet ihr Sex?

Wenn er wütend ist, knistert sein ganzer Körper. Elektrische Funken sprühen von ihm ab. Die kühle Ruhe, als seine Finger sich um meinen Hals schließen, ihn an die Tür drücken, ihn ins Holz stoßen. Es gibt kein wildes Rumgefuchtel, bloß seine geballte Haut an meiner Kehle, die mir den Atem raubt. Meine Kehle verlässt meinen Körper, zoomt wie eine Fliege aus mir raus, beobachtet alles von der Wand. Die Füße voller Tod. Meine Schwestern kreischen aus dem Wohnzimmer. Oder vielleicht sind sie auch direkt neben mir. Oreo flitzt in unser Schlafzimmer, verängstigt. Schwarze Punkte tanzen mir vor den Augen. Aishas Stimme rauscht und knistert, lädt die gesamte Wohnung auf. Mein Blick richtet sich auf die Stelle am Backofen, wo normalerweise der Drehknopf für die Herdplatte sein müsste. Irgendwie ist er verloren gegangen, von Aisha oder mir aus Versehen runtergewischt, und beide sind wir zu faul, um danach zu suchen. Den sollten wir wirklich mal wiederfinden, damit wir nicht mehr am Stahlstift herumdrehen und hoffen müssen, dass das Teil zündet. Noreen ist am Telefon und schreit um Hilfe. Die Sirenen kommen. Seine Hände lassen von mir ab. Ich falle zu Boden, meine Knie schlagen auf die Fliesen. Meine Augen auf Höhe seiner Schuhe. Er schaut auf mich runter, seine Hände gleiten ganz mühelos zurück in die Hosentaschen. Er dreht sich um und geht der Polizei die Tür öffnen.

Wem wird man wohl glauben?

[mir] oder [dir]?

[dir].

Sie: Hat er Ihnen was getan?

Ich: ████

Sie: Wir haben einen Anruf bekommen und versuchen nur zu verstehen, was vorgefallen ist. Können Sie uns das bitte schildern?

Ich: ████████████████████████████████████

Sie: Ist Ihr Onkel Ihr gesetzlicher Vormund?

Ich: ████

Sie: Lebt Ihr Onkel mit Ihnen zusammen?

Ich: ████

Sie: Haben Sie sonst noch Familie?

Ich: ████

Sie: Hat Ihre Schwester sich das also nur ausgedacht?

Ich: ████

Wir sind im selben Zimmer, aber Noreen ist so weit entfernt, dass ich sie nicht berühren kann. Onkel ███████ hat alle Telefonleitungen aus den Wänden gerissen. Unsere Handyverträge gekündigt. Es tutet ins Leere. Niemand kann uns erreichen. Wir können niemanden anrufen.

Warum hast du gelogen?, fragt sie, und meine Stimme vertrocknet.

Wüstenkehle. Sandstimme. Fliege an der Wand.

Dann sanfter, fragend: *Habe ich es mir nur ausgedacht?* Sie runzelt die Stirn. *Ist es nicht so schlimm, wie es aussieht?*

Ich lasse den Blick durch unsere Wohnung schweifen. Der Kühlschrank, voller Hähnchenbrust und Grillgemüse. Sojamilch und Apfelmus. Oreo sitzt in einem Fleckchen Sonne auf der Couch.

Es ist okay. Uns geht's gut, sage ich, meine Stimme ist meine eigene und nicht meine eigene, meine Stimme kommt von einem anderen Ich in mir.

Ich strecke die Hand nach Noreen aus, aber sie entzieht sich mir. Ihre blicklosen Augen starren aus dem Fenster, das sich auf Schuhhöhe der Straße befindet. Menschen gehen an uns vorbei. In ihren eigenen Welten. Auch sie ist in ihrer eigenen Welt, ihre Augen sind nicht die Augen, die ich kenne, gehören einer anderen Noreen. Sie wendet sich von mir ab. Ihre Schultern schrumpfen in sie hinein. Wir alle schrumpfen in uns hinein. Probieren, wie klein wir uns machen können. Wenn ich die Augen schließe und es mir ganz fest vorstelle, kann ich zu Luft werden. Ich kann ganz und gar verschwinden.

Es gibt ein Ich, das von oben zuschaut, in die Ecke gequetscht, wo Wand auf Decke trifft. Meine Haut behimmelt die Wohnung. Ich bin da, beobachte mein Ich am Boden, das zu Noreen durchzukommen versucht. Mein Ich am Boden, voll ich-förmiger Löcher. Gespalten. Sich mit jeder Sekunde weiter spaltend. All meine Ichs ergießen sich aus dem Haupt-Ich. Mein Haupt-Ich blutet Ichs. Mein Haupt-Ich zu zerrissen, um es überhaupt zu bemerken.

Du schleichst dich wieder rein, okay?
Ja.

Ich muss dauernd an deine Beine denken.
Mhmm.

Wann fahren wir mal wieder zum See?
Keine Ahnung.

Scheiße, ich war komplett ausgeknockt. Ich hab überhaupt keine Hausaufgaben gemacht, Miss Adams wird voll sauer auf mich sein.
Ich helfe dir.

Ich mache eine Dose Thunfisch auf und streiche ihn mir auf Cracker, das Abendessen an dem Tag, nachdem die Polizisten da waren. Aisha fläzt auf der Couch, einen Fuß in der Fensterecke. Oreo sitzt zu meinen Füßen, lässt mich nicht aus den Augen, will den Thunfisch haben. Noreen guckt angeekelt auf die Küchenarbeitsfläche, blinzelt langsam.

Ich hasse es, so zu leben, gibt sie zu. Aisha rührt sich keinen Zentimeter von ihrem Platz.

So schlimm ist es nicht. Uns geht's allen gut, sage ich, und Noreen schaut zu mir, die Augen Eis.

(Ich will wissen.)(Was du meinst.)(Wenn du sagst.)

(Du sollst wissen.)(Was ich meine.)(Wenn ich sage.)

Alles gut.   Mir geht's gut.   Uns geht's allen gut.

Ein Wort ist ein Wort ist ein Wort.

Schwester;
Noreen, sitzt so weit von mir entfernt, dass ich sie nicht berühren kann.
Aisha, in ihrer eigenen Welt, arbeitet Extraschichten, um
unser Essen zu bezahlen.

Schwester;
Eintausend Herzen erhellen den Himmel.
Eintausend verschiedene Herzen trüben sich ein.

Mutter;
Und hier kommen sie, all unsere Mütter
ein Fels oder eine warme Mahlzeit
                    hängt davon ab.

Die uralte Frage:
Ist ein Apfel immer ein Apfel?
Ist ein Apfel ein Apfel, wenn jemand hineingebissen hat?
Ist eine Schwester noch eine Schwester, wenn eine Mutter
stirbt?

Allah forderte uns auf, Sprache zu schaffen. Also taten wir es. Benannten all unsere Teile. Benannten das Blau in uns. Den Herzschmerz. Die Liebe. Dann vergaßen wir ihn. Unsere Sprache wurde Zement. Sie setzte sich. Turm. Babel. Der Sturz. Der Blitz schlug ein. Unsere Kehlen veränderten sich. Wir gingen auseinander. Wir nahmen an, beim Sprechen das Gleiche zu meinen, weil wir die gleichen Wörter benutzten. Aber. Wir irrten uns. Wir irrten uns gewaltig.

Ein paar Abende später entknote ich mich aus Aishas Armen. Ich schiebe mich an ihr vorbei aus dem Bett, so müde, dass nicht mal ein Erdbeben sie aus dem Schlaf rütteln könnte. Meine Wut heiß wie Blut. Meine Wut schnürt mir die Schuhe und trägt mich zum Bahnhof. Mitten in der Nacht warte ich auf Busse, aufs Umsteigen. Es gibt nur mich, meine Wut, den Fahrer und die trägen Blinklichter. Meine Wut trägt mich an den Vorstadtgärten vorbei, wo sie wohnen. Ich war nur einmal dort, aber ich erinnere mich. Als sie uns die Tür vor der Nase zuknallte, ihre Söhne am Fenster, die andere Seite unserer Grenzlinie. Ihr Luxushaus, der Garten klein, aber voller Blumen. Gewässert mit dem Geld meines toten Vaters.

Meine Brust ist zu kalt für die Frühlingsnacht um mich her. *Also zuerst einmal hat er nie euch gehört*, sage ich zu mir selbst und schließe die Augen, um mich zu erinnern. Wie seine echte Familie ihn auf der Beerdigung umringte, und wir sahen meilenweit entfernt durch den Fernseher zu. Wie Onkel ███ ihn nie erwähnt. Wie ein Fremder ihn uns mitten in der Nacht wegnehmen konnte. Ich atme aus und spüre, wie mein Körper sich von sich selbst trennt. Ich sehe zu, wie mein anderes Ich mich anstarrt, wütend. Sie hat mein Gesicht, meine Gestalt, mein sanftes Knurren, das ich mir von Noreen abgeguckt habe. Das Haar ungezähmt, wilde Locken, wo ich meines mit dem Glätteisen gebändigt und zurückgebunden habe. Sie ist das Ich, das Gerechtigkeit fordert. Das Ich, das haben will, was mir hätte gehören können. Das Ich, das sich wünscht, dass dieser Mann noch lebt, damit sie bei ihm klingeln kann. Das Ich, das sagen würde: *Sie haben meinen Vater umgebracht.* Das Ich, das ein Messer in der Gesäßtasche hätte. Auge um Auge. Leben um Leben. Das Ich, das draußen vor jenem Haus in der Vorstadt steht. Das Ich, das weiß, wessen Geld dafür bezahlt. Das Ich, das ihr gesamtes Haus abfackeln, all ihre Designerklamotten zerschnippeln will. Skorpionstachel und Gift. Es macht aus allem eine Wüste. Das Ich, das meinen Vater zurückhaben will. Und wenn schon nicht ihn, dann wenigstens sein Geld.

Sie ist dort, beobachtet das Haus. Dieses Ich. Ich brauche Hilfe. Ich wende mich ab und lasse sie dort stehen, renne, als sie meinen Namen ruft, renne, als sie mich anfleht, sie nicht zurückzulassen, renne, als die Furcht in ihrer Stimme wächst.

In der Arztpraxis stellt man fest, dass ich haarig bin. Onkel ██████ hat mich hergeschickt, nach dem Abend, als er mich nicht finden konnte. Aber hier bin ich, nicht schwanger. Immer noch Jungfrau. Bloß haarig. *Wie Frida Kahlo,* sagt die Kinderärztin und dreht sich nicht zu mir um, tippt die Diagnose in ihren Computer. *Sie war Malerin. Hatte zusammengewachsene Augenbrauen.* Die Haare zwischen meinen Brauen richten sich auf, stehen stramm bei Erwähnung ihrer Brüder im Gesicht einer anderen. Wie konnte diese Frida-Frau ihre leben lassen? Sie gedeihen lassen. Als Teil ihres Körpers akzeptieren.

Du bildest zu viel Testosteron. Da ist was im Ungleichgewicht. Man könnte versuchen, das mit der Pille in den Griff zu kriegen, schlägt die Ärztin vor. *Die enthält Östrogen.*

Wenn ich meinem Körper Östrogen zuführe, kann ich mehr wie eine Frau werden. Die Haare auf meinen Fingern, die Haare, die meine Arme hochkriechen, die Haare auf meiner Oberlippe und mein Ziegenbärtchen, sie alle erzittern, ihr Niedergang steht unmittelbar bevor. Ich bin ein Körper voller Haare, ein kleines Ungeheuer, das durch die Gänge meiner Schule schleicht. Wenn ich vorübergehe, spüre ich alle Augen auf mir, wie sie es anschauen. Ich bin mir nicht einmal sicher, ob ich fraulicher aussehen will. Ich will einfach nur, dass die anderen mich nicht mehr anstarren. Ich probiere es mit Haarentferner, der wie kokelndes Plastik riecht, wenn ich meine Haut damit einschäume. Doch der Haarentferner kriegt nicht alles weg, ich schmiere und schmiere, wische und wische, jedes Mal geht nur ein Teil der Haare ab. Meine Beine sind rot, wund und brennen.

———

Sieht aus wie halb gares Hähnchenfleisch, meint Aisha und will nicht einmal fies sein, ist nur besorgt.

Der Abfluss unserer Badewanne ist immer verstopft; wenn ich dusche, steigt mir das Wasser bis zu den Knöcheln. Wenn ich mich rasiere, ist das Wasser immer noch da, voll schwarzer Locken und Seifenschaum. Eine halbe Stunde später schreit Aisha mich an, sobald sie entdeckt, dass ich nicht sauber gemacht habe, und nennt mich nichtsnutzig. Meine feinen Härchen klammern sich verzweifelt an den Wannenrand. Ich häufe sie in der Mitte auf, ein Massaker für zwei Tage Glattsein. Letztlich wachsen sie nach, dichter, unerbittlich, und der Vorgang wiederholt sich immer wieder aufs Neue. Aisha schreit in Dauerschleife. Sie sind überall, schmiegen sich in die Eckfliesen des Badezimmers, übersäen auf unbegreifliche Weise das Waschbecken. Das Fleckchen hinter meinem Knöchel, das ich übersehen habe, ist im Sonnenlicht gut zu erkennen, als ich von der Bushaltestelle zur Schule laufe. Ich versuche, mich von ihnen zu befreien, aber sie finden immer wieder zu mir zurück.

Ja, du bist haarig, sagt Onkel ████, als ich ihn auf das ungeheure Ausmaß meines Problems anspreche. *Das seid ihr beide*, fügt er hinzu, und sein Blick wandert von mir zu Aisha. Wir zwei sind Fellknäuel, in ständigem Kampf. Haarig. Grindig. Kratzbürstig. Schwer zu verheiraten. Er setzt sich an den Computer und klickt und klickt, findet eine Website, die vergünstigte Medikamente aus Mexiko anbietet. Er macht eine Großbestellung für Verhütungsmittel, ausländische Billigmarken.

Wie kann er Medikamente aus dem Ausland bestellen?, flüstere ich, aber Aisha schüttelt den Kopf, und wir schweigen beide.

Es ist uns egal, woher sie kommen, Hauptsache, wir kriegen sie. Die Regel lautet: Stell keine Fragen. Du kriegst, was du kriegst.

Damit kommt ihr ein ganzes Jahr aus, meint er strahlend und steht vom Computertisch auf, zieht seine Jacke an.

Ein Fleißsternchen für Kindererziehung glänzt plötzlich über dem Loch in seinem Pulli.

Victoria und ich haben wochenlang nicht miteinander gesprochen. Sie ist sauer, behauptet, ich hätte sie vergessen, aber ich weiß nicht, wie ich erklären soll, dass ich andauernd müde bin, dass ich meinen Körper mit mir herumschleppe wie einen Mehlsack. Wir streiten uns am Telefon, der Skorpion in mir zuckt mit dem Stachel. *Ich bin dir doch voll egal, du hast voll keine Ahnung, was ich durchmache. Du bist verdammt noch mal überhaupt keine Freundin*, sage ich, dabei weiß ich ganz genau, wie angestrengt ich zu verbergen versuche, was ich durchmache. Onkel ▇▇▇ sitzt mit dem Rücken zu mir an unserem Computer, klickt sich mal wieder einen ab. Als ich auflege, fragt er, ob ich eine kleine Spritztour mit ihm machen will.

Im Auto ist es still. Ich gucke aus dem Fenster, bis er in eine Straße einbiegt und vor Victorias Haus anhält.

Lass die kleinen Dinge nicht zu was Größerem werden.

Kareenas langer Zopf pendelt beim Gehen hin und her. Morgens sitzt sie mit ihren Freundinnen auf der Mauer vor der Schule, und in ihrem durchsichtigen Rucksack prangen ein Eyeliner von Revlon, ein pinkes Notizbuch und ihr schicker Taschenrechner. Die Sonne blinzelt durchs Laub, nur um zu ihr durchzudringen. Immer wenn sie lacht, kriechen Grübchen in ihre Wangen. Im Unterricht beißt sie beim Nachdenken die Zähne aufeinander, die Adern an ihrem Hals bewegen sich leicht, jede trägt ihren Herzschlag durch sie hindurch. Aber es sieht nicht angestrengt aus wie bei den Jungs in der Sporthalle, wenn sie angeben wollen. Sie wirken so zart, ihre Adern, ihr Atem, alles an ihr so luftig, dass man denken könnte, sie ist vielleicht gar nicht echt. Wenn sie in der Nähe ist, muss ich sie die ganze Zeit ansehen, mir ihre perfekt geglossten Lippen einprägen, ihre Katzenaugen, die zum Himmel flügeln.

Wenn Bobby mich im Flur oder nach der Schule draußen einholt, stelle ich mir statt seiner Kareenas Finger vor, Kareenas perfekten Mund auf meinem. Und mein Körper verwandelt sich, wird muskulöser, größer, meine Brüste sinken in den Brustkorb zurück. Für dieses Mädchen kann ich jede Gestalt annehmen, die sie sich wünscht, jede Gestalt, die in ihrem Hals die Adern pulsieren lässt, die sie daran erinnert, dass ihr Herz immer noch schlägt.

Morgens begegnet Kareena mir im Gang und sagt kein Wort. Aber ihre Gespenstergrübchen bleiben mir den ganzen Tag über erhalten, ihr langer schwarzer Zopf pendelt am Rande meines Blickfelds. Immer wenn ich mich danach umwende, ist er verschwunden, ist sie verschwunden, war niemals da. Aber ich trage sie bei mir, trage sie in unsere Wohnung, ich bewahre sie in meiner Tasche auf, und wenn Aisha bei einer Freundin übernachtet, wenn ich ganz sicher allein bin, hole ich sie hervor und beobachte sie, während meine Finger lebendig werden.

Nach der Schule sieht die ganze Welt Bobby in der Sporthalle zu, wie er sich seinen Weg bahnt, quietschende Schuhe
auf Holz. Die Tribünen verneigen sich, das Netz ruft seinen
Namen. Er ist perfekt eingerahmt: die Hallenlichter küssen
sein Gesicht, finden ihren Weg zu ihm. Überall um ihn schwirren Fliegen, überall um ihn summt die Welt in seinem Glanz.

Ich weiß nicht, warum er mich ansieht, wie er mich ansieht.
Warum er nach jedem erfolgreichen Wurf zu mir aufschaut
und mir zulächelt. Warum er mich nach der Schule einholt,
seine Finger auf meiner Haut. Inzwischen zucke ich nicht
mehr zusammen, wenn er mir die Hände auf den Körper legt,
ich halte ganz still, weil sich seins zu sein besser anfühlt, als
allein zu sein. Wenn ich ohne ihn unterwegs bin, mustern
mich die anderen Mädchen von oben bis unten. *Sie ist nicht
mal besonders hübsch.* Und tatsächlich bin ich kein bisschen
hübsch, darum fühlt es sich nicht wie eine Beleidigung an.

Nach dem Spiel sagt er, dass er mich nach Hause bringt. All
seine Jungs kommen der Reihe nach aus der Umkleide. Ich
warte auf der Tribüne auf ihn. Die Jungs sagen mir Tschüss,
als sie gehen. Sie sind alle so nett. Er ist der Letzte, kommt zu
mir rüber. Selbst nach einem Jahr, in dem er manchmal da
war und manchmal nicht, erinnern sich meine Knie bei seinem Auftauchen nur mit Mühe, wie man steht.

Für ihn mache ich mich zum Mädchen. Nicht perfekt, aber: ein Mädchen. Ich versuche mir vorzustellen, wie er durch unsere Einzimmerwohnung geht. Versuche mir vorzustellen, wie er mit mir auf unserem Ausziehbett sitzt. Mir vorzustellen, wie wir gemeinsam den Kühlschrank durchforsten und nach etwas suchen, das eine Mahlzeit ergeben könnte, ehe wir uns auf die Couch kuscheln.

Ist schon okay, du musst mich nicht nach Hause bringen.

Doch sein Arm liegt um meine Taille, zieht mich nah an ihn heran, und meine dämlichen Knie halten nicht stand. Alle Luft um mich her besteht aus ihm, und ich komme nicht davon los. Wir sind allein draußen vor der Sporthalle, und seine Hand wandert meine Jacke hoch. Seine Hand ist unter meinem Hosenbund, gräbt sich in meine Hüfte. Versehentlich zucke ich zusammen, und kurz blitzt Verwirrung in seinem Blick auf. Ich kriege ein schlechtes Gewissen. Mir ist klar, wie kompliziert ich bin, mit all meinen linkischen Knochen und der Unfähigkeit, mich zu entspannen.

Aber ich will deine Eltern kennenlernen.

Manchmal sieht er mich an, als wäre ich ein zartes, kostbares Ding, das beinahe bricht. Er sagt *mein Herz*, und vielleicht ist seine Hand genau das, vielleicht ist meine Hand genau das, wenn sie einander berühren, ein Puls, der mich mit dem Boden verbindet. Und vielleicht ist seine Hand genau das, wenn sie in mich hineingleitet, vielleicht ist sie bloß sein Herz, das mein Herz finden, es berühren möchte.

Heute, nach unserem Spaziergang, stehen wir im Wohnzimmer meiner winzigen Wohnung, inmitten meines Müllhaufens. Ich bin sehr unruhig, Onkel ███████ hat gesagt, er will verreisen, aber trotzdem fürchte ich, dass er wie aus dem Nichts auftauchen könnte. Dass er seine Augen überall hat. Dass sich seine Hand wieder um meinen Hals legt. Doch ich gehe das Risiko ein, Bobby in meinem Wohnzimmer zu haben. Ihn mich ansehen zu lassen, wie er es gerade tut.

Also deshalb wolltest du damals nicht nach Hause.

Er runzelt die Stirn und sieht zum Fenster, zu dem blauen Cadillac, den ich ihm draußen gezeigt habe, ██████s. Diese kleine Einzimmerwohnung, dieser Cadillac. Er versucht, sich einen Reim darauf zu machen. Aber der Reim ergibt keinen Sinn. Der Abstand zwischen uns vervielfacht sich, und ich weiß, dass ich seine Hand in meiner verlieren werde.

––––––––

Doch er legt die Arme um mich, hält mich, Anker und Bank zugleich. Seine Augen blicken in meine. Sanft. Behutsam. Wie an dem Tag an der Bushaltestelle. Die Peinlichkeit meiner Welt überall um uns herum, und er: peinlos, nimmt alles in sich auf.

Aisha ist schon im Bett, kämpft im Schlaf, ringt in ihrer stillen Welt. Noreen ist auch da, seit dem Abend mit der Polizei kommt sie öfter nach Hause. Sie sind durch das bisschen aufgespannten Stoff von Bobby und mir getrennt. Kakerlaken huschen über den Boden, unsere Anwesenheit stört ihren nächtlichen Freiraum. Wir sitzen auf der abgenutzten Couch. Seine Augen wandern von der Kekspackung mit Nilla Wafers zur Mausefalle.

Wenn er hier ist, in meiner Welt, ist er nicht der Star auf dem Platz. Seine Augen sind so sanft, als wüsste er, was der Preis dafür ist, mich zu berühren. Wie ich ihn jetzt so ansehe, ist mir klar, was es heißt, mein Herz außerhalb meines Körpers, mein Herz in jemand anderem zu haben.

Ich lege mich auf die Couch, und er legt sich neben mich, mein schwarzes Haar auf seiner Brust. Er hat mir erzählt, seiner Mom ist es egal, wenn er abends nicht nach Hause kommt, und ich frage mich, wie es ist, eine Mom zu haben, die dich liebt, dich aber der Nacht überlässt, dich einem Vielleicht-Mädchen überlässt, das sie noch nie gesehen hat.

Wo sind sie?

Ich muss nicht nachfragen, wen er meint. Meine Eltern aus der Scheinwelt, mein Dad mit dem Königsnamen, meine Mom mit den Klavierhänden.

Sie sind von uns gegangen.

Ich glaube, Allah hat schon vor langer Zeit aufgehört, auf mich zu achten, aber ich habe Angst, was er mir noch wegnehmen könnte, wenn ich es weiter vermassle, wenn ich weiter eine nichtsnutzige Fliege auf seiner Erde bin, die um ihren eigenen Müllhaufen schwirrt. Ich will nicht in die Hölle kommen. Wir können uns ohne jeden Laut bewegen, und vielleicht guckt Allah dann in die andere Richtung. *Allah, vergib mir meine Minderwertigkeit*, denke ich im Stillen, Bobbys Blick auf meinen Lippen. Als seine Finger diesmal in mich hereingleiten, hier auf der Couch, löse ich mich nicht von mir selbst. Ich höre, wie mein Atem ein anderer Atem wird, ein längerer Atem, eher ein Atem meiner Haut als meiner Lunge. Seine Finger haben mich verlassen, aber etwas Größeres drängt herein, und meine Zähne graben sich in seine Schulter, um den Schmerz zu dämpfen, um keinen Laut zu machen, und er bewegt sich schnell, und er vergräbt das Gesicht im Sofakissen, um die Geräusche zu dämpfen, und diesmal spüre ich alles, und auch wenn es so viele Löcher in meinem Körper gibt – so viele andere Ichs –, verlässt mein Körper meinen Körper nicht, um zuzusehen, mein Körper bleibt endlich hier.

Kannst du dafür sorgen, dass es noch dauert?,

flüstere ich in seine Brust, während er schläft und sich sanft regt, mit gerunzelter Stirn.

Dieses Gefühl. Kannst du dafür sorgen, dass es für immer reicht?

Morgens, als wir beide wach sind, will er noch etwas bleiben, aber er hat eine Mutter, zu der er zurückmuss. Meine Schwestern kommen nicht aus dem Schlafzimmer, flüstern aber hinter dem Vorhang.

Hier gibt es keine Erwachsenen, also muss er nicht aus dem Fenster klettern. Durch die Scheibe sehe ich zu, wie er fortgeht, ins Tageslicht schwindet. Mein Kummer hat ihn nicht berührt, ihn noch nicht zerstört.

Aisha kommt aus dem Schlafzimmer, mit verschränkten Armen, stinksauer. Noreen hinterher.

Wer ist er?
Fickt ihr?
Seid ihr zusammen?
Du hast ihn hergebracht?
Wir haben Onkel ████ *für dich angelogen.*

Ich dachte, ich kenne die Regeln, aber offensichtlich habe ich eine gebrochen.

Aisha blinzelt langsam und heftig, immer noch mit verschränkten Armen, sieht mich an, als könnte sie nicht ganz glauben, dass es mich gibt. Noreens Zunge drückt leicht gegen ihre Schneidezähne, als sähe sie mich zum ersten Mal.

Liebst du ihn?

———

Und so gestellt, klingt die Frage dämlich, hängt in der Luft, nimmt Raum ein. Eine Anklage. Die Blicke meiner Schwestern lasten auf mir, und alles ist sonnenklar, so schlicht, so einfach, dass ich mich frage, wie ich es bis jetzt übersehen konnte.

Auch ihr seid mein Herz.

Und ich will unbedingt, dass sie das wissen: wie ich, vor langer Zeit, mein Herz in ihre Herzen gelegt habe. Wie ich schon so auf die Welt gekommen bin, ihnen gehörend, angestrengt ihrem Atem folgend. Wie ich jeder von ihnen ein Stück davon gegeben habe, wie nichts mehr von meinem eigenen Herzen in meinem Körper ist, wie nah ich ständig dem Zerbrechen bin.

Aishas Stirn stürmt wieder einmal. Sie ballt die Fäuste, und ihre feinen Adern leuchten auf. Noreens Mundwinkel zeigen nach unten, sie gräbt sich die Finger in die Arme, hinterlässt hellrote Mondsicheln auf ihrer Haut. Wir starren einander an, alle drei, gefühlt zum ersten Mal seit Jahren. Die Augen wandern, Braun zu Braun zu Braun. Diesmal lacht keine.

Wir drei, auf einer Insel, allein. Ein ersterbendes Feuer und keine Rettung in Sicht. Wir drei kauern am Strand, fletschen die Zähne. Wir drei umkreisen einander, erschnuppern unsere Angst, fragen uns, wer stark genug ist und überleben wird. Welche von uns blutet? Welche hat die Wunde geschlagen? Ich bin ein Nicht-Mädchen voller Löcher, all meine Ichs laufen davon in die Wildnis. Die Häute all meiner Ichs hängen in den Bäumen, abgebalgt, während sie sich in immer noch mehr Ichs aufspalten. Sie sind von mir gegangen, und ich weiß nicht, ob ich sie je wiederkriege. Ich weiß nicht, ob ich es will. Die Bäume wenden sich beschämt von uns ab. Eine von uns stürzt vor, greift an. Ich weiß nicht, wo meine Haut aufhört und die meiner Schwestermütter anfängt.

Eine Woche später, als nur Aisha und ich zu Hause sind, spricht sie so leise, dass ihre Stimme fast mit der Bettdecke verschmilzt, baumwollgedämpft.

Meinst du, sie denkt, sie ist was Besseres als wir?

Sie braucht nicht zu sagen, wen sie meint. Ich weiß es. Das Ausziehbett ist leer. In unserem dunklen Zimmer sieht man das Foto von Meemoo und Tante nicht, das ich an die Wand gehängt habe. Es verdeckt die Kakerlake, die Aisha mit ihrem Chappal zerquetscht hat, die Eingeweide, die wir nie weggewischt haben. Noreen ist fort, auf dem College. Verbringt immer längere Zeitbatzen von uns entfernt. Obwohl sie weg ist, schlafen Aisha und ich weiter im selben Bett, für den Fall, dass sie zurückkommt. Meine Finger fahren die Fältchen in unserem Laken nach, ich kann mich nicht erinnern, wann wir es zuletzt gewaschen haben. Unsere Waschmaschine ist dauernd kaputt, und wenn sie mal läuft, gibt es immer Wichtigeres zu waschen, zum Beispiel Unterwäsche und Jeans.

Nein. Sie hat gesagt, sie kommt Freitag wieder.

Aisha seufzt, meine Antwort ist dumm und nicht gut genug. Ich sehe sie nicht, weiß aber, dass sie die Stirn runzelt, nachdenkt.

Wir sollten eine Familie sein.

Ihre Stimme verfängt sich in der Bettdecke. Ich spüre ihren Panzer, ich spüre, wie sie langsam in ihre Welt abdriftet, in die ich ihr nicht folgen kann.

Aisha in der Schule, umgeben von all den Freunden, die ihr wichtig sind. Aisha, zu Hause, allein auf der Insel. Sie versteinert. Schwimmtraining morgens vor dem Unterricht. Unterricht. Dann Arbeit im T. J. Maxx, und danach nach Hause. Unzählige Tage voller Arbeit, unzählige Tage voller Unterricht, unzählige Tage voller Schwimmtraining, unzählige Tage voller Energieriegel als Nahrung, die wir vor Wochen bei Costco gekauft haben und vor uns selbst als echte Mahlzeit ausgeben. Kein Essen im Kühlschrank. Aisha im Einzelbett, der Stoffvorhang verzerrt die Formen außerhalb. Ringsum droht der Sturm hereinzubrechen, Regen überschwemmt die Erde. Ein Wolf auf Nahrungssuche. Sie steht auf, versucht umherzustreifen, mit schwachen Beinen. Sie durchwühlt die Schränke, das Blut schießt ihr in den Kopf. Ein schwarzer Punkt blinkt in ihrem Sichtfeld. Die Wände sind dünn, hinter ihnen rumpelt laut die Waschmaschine. Oreo miaut im Wohnzimmer. Sie ruft um Hilfe, aber niemand ist da, der kommen könnte. Sie dreht den Wasserhahn auf, ein Glas in der Hand, und ein Strahl gelblichen Wassers fließt. Sie wartet, dass er sich klärt.

Aisha steht in der Küche, ein Wolf allein. Ich, ein Stück die Straße runter an der Bushaltestelle, warte auf Noreen. Freitag, genau wie sie gesagt hat. Noch mehr schwarze Punkte. Ein kaputter Filmstreifen. Immer mehr davon steigen auf. Aishas

Körper bricht in Beulen aus. Das Wasser ist immer noch gelb. Das Glas in ihrer Hand zittert.

Die Punkte nehmen überhand. Bis da nur noch Punkte sind. Nur noch schwindlig. Sie blinzelt ins Dunkel und sieht nichts als Dunkelheit.

––––––––

Ihre Beine erschlaffen, ihr Kopf knallt auf die Küchenplatte, das Glas fällt ihr aus der Hand, der Körper fällt zu Boden. Blut sickert. Aus ihrer Stirn, wo sie auf die Platte gehauen ist. Aus ihrer Hand, das Glas, das sie gehalten hat. Ein Wolf allein. Ein Wolf, verletzt. Der Wasserhahn spritzt immer noch gelb.

Noreen und ich kommen nach Hause, als der Sturm schon zu Ende geht, und da ist sie: Aisha. Niemand sonst im Haus außer Oreo. Das Rot strömt aus ihrem Kopf, aus dem Schnitt in ihrer Hand.

– eine rosenrote Pfütze. Mein Herz hämmert und hämmert. Verschütteter Ketchup. Wein am Boden. Rooh Afza, klebrig, zuckersüß. Mehr und mehr und mehr. Ein Geruch wie beim Metzger. Ein bisschen von meinem Herzen auf dem Boden verschüttet. Aisha in einem Strom ihres eigenen. Der Schnitt an ihrer Stirn oberflächlich genug, dass der Großteil des Bluts im Körper bleibt. Alhamdulillah. Aishas Blick unscharf. Auch meine Augen werden unscharf. Meine Knie werden unscharf. Meine Knie, Punkte am Boden. Mein Atem laut in meinen Ohren. Ich höre nur noch meinen eigenen Atem, Noreens Füße, die vorrennen, Noreens Schrei, mein Herzschlag, Aishas Herz, das klopft –

Noreen drückt einen alten Spüllappen gegen Aishas Stirn, stillt die Blutung. Noreen sagt etwas zu Aisha, Aisha antwortet etwas. In meinen Ohren schrillt es. Alles weit weg. Alles zu nah. Das Blut noch immer am Boden. Noreen ruft Onkel ████ an. Er geht nicht ran. Aisha, die mit einer Hand den Lappen festhält, ruft eine Freundin an, die ein Auto hat. Wir warten. Aishas Hinterkopf lehnt am Küchenschrank. Augen geschlossen. Kinn leicht nach oben.

Neben mir reißt sich ein weiteres Ich aus meiner Haut heraus. Sie setzt sich, schaut das Blut an. Die Augen starr aufs Rot gerichtet.

Als sie ins Krankenhaus fuhren, blieb ich zu Hause und übergab mich in eine Plastiktüte vom Imbiss. Den Kopf voller Punkte. Meine Knie unscharf. Das Blut noch immer am Boden. Noreen rief immer wieder Onkel ███ an. Aisha, mit blutverklebtem Haar, tat das Gleiche. Er kam nicht. Einmal ging er ans Telefon, hörte ihre weinerliche Stimme und legte auf. Sie probierte es weiter, die verpassten Anrufe türmten sich. Er ist unauffindbar. Er muss mit seinen Söhnen auf irgendeiner Veranstaltung sein, wo alle schicke Schalwar und Kamiz tragen, wo alle frisch gewaschen sind und nach Jasmin duften. Er muss woanders sein, breit lächelnd einem Fremden zunickend, während die Töchter seiner Schwester allein in einer Einzimmerwohnung sitzen, in Ohnmacht fallen, Handtücher saugen das Blut auf. Oreo scharrt an der Tür. Aishas unscharfer Blick. Eine neue Angst gräbt sich in meine Kehle hinein: dass auch Aisha jederzeit verschwinden kann. Aishas oder Noreens Blut, überall auf dem Boden. Sie können fortgehen, aus Versehen, genau wie Meemoo und Tante. Genau wie unsere Eltern. Der Raum in meiner Brust vervielfacht sich. Wir in der Wohnung, allein. Wir, allein voneinander.

Als er wieder aus seinem Schweigen auftaucht, tut Onkel ██
██, als wäre nichts passiert. Er kauft Aisha ein gefälschtes
Louis-Vuitton-Portemonnaie, das sie nie benutzen wird, und
den letzten *Harry-Potter*-Band und erwähnt das Blut nicht.
Erwähnt die verpassten Anrufe nicht. Erwähnt das Krankenhaus nicht. Und wir tun es auch nicht.

Ihr müsst Auto fahren lernen, sagt er.

Ich begleite ihn auf Verkaufstouren durch die Nachbarschaft.
Er zeigt mir ein Megafon, das er im Baumarkt besorgt hat,
dann kurbelt er das Fenster auf der Beifahrerseite runter. Für
jeden, der gerade unterwegs ist und sich um seinen eigenen
Kram kümmert, posaunt er den Straßenreinigungsplan
hinaus. Die älteren Südasiaten des Viertels warten vor ihren
Häusern, und wir halten neben ihnen an, ich am Steuer. Er
öffnet den Kofferraum und enthüllt Kühlboxen mit gefrore-
nem Hähnchenfleisch. *Stark reduziert!*, ruft er, und die Leute
kramen in ihren Taschen nach Bargeld und reichen es ihm.
Im Rückspiegel sehe ich, wie er das Geld sorgfältig abzählt.
Er ist ganz aus dem Häuschen, voll Freude über diese neue
Geschäftsidee, die er aufgetan hat. *Nein, Bhai, keine Sorge, du
kannst mich auch nächste Woche bezahlen*, sagt er und klopft
einem alten Mann vergnügt auf die Schulter. Der Alte lächelt
zurück, den Mund voller Zahnlücken. Doch nichts, was On-

kel ███████ einem anbietet, ist umsonst. Ich weiß das, aber der Mann nicht. Ich sehe ihm nach, als er das Hähnchenfleisch in seine Wohnung trägt, die Hand am Geländer, während er sich langsam die Eingangsstufen hochschiebt. Im Auto lasse ich »Pon de Replay« laufen, der Song ergießt sich auf den Bürgersteig. Draußen tanzt Onkel ███████, bewegt die Schultern nach Bhangra-Art und nicht ganz im Takt. Die Nachbarn lachen, und ich kann kaum glauben, wie normal das alles wirkt: ein Onkel und seine Nichte, verkaufen Hähnchenfleisch aus ihrem Auto, fahren gleich wieder zurück zu einer Wohnung, wo niemand fragt, was drinnen passiert.

Wir tauschen Plätze – er ist wieder auf dem Fahrersitz. Er gibt mir einen raschelnden Zwanzigdollarschein.

Mit dir kommt man besser aus als mit deinen Schwestern, meint er und schaut zu mir rüber, mit warmem Blick.

Ja, sie sind schwierig, sage ich und starre aus dem Fenster auf einen Baum, der im Bürgersteig zu gedeihen versucht.

Sie: Hat Ihre Schwester sich das also nur ausgedacht?

Ich: █████

Mit neun bin ich weggegangen,

sagt Onkel ███████ hinter dem Steuer, ungefragt, als wären wir mitten im Gespräch.

Die Briten gingen. Das nannten sie Teilung. Sie legten die neuen Ländergrenzen fest. Aber so viele von uns hatten schon immer gelebt, wo wir lebten. Unsere Familien, Seite an Seite. Die Linien, sie schickten uns fort, gaben uns unsere neuen Länder vor, sie bedeuteten nichts. Aber es gab Männer, unsere Nachbarn, die nach Muslimen suchten. Wir waren Muslime, und auf der falschen Seite der Linie.

Die Ampel wird grün, aber er fährt nicht los. Ein Auto hupt, aber er regt sich nicht. Das Auto schwenkt an ihm vorbei, auf die Nebenspur.

Da waren Häuser, die brannten. Meine Ammi, deine Nanni, befahl mir zu packen. Ich war so jung. Ich wusste nicht, was ich mitnehmen soll. Ich füllte einen Koffer mit meinen Spielsachen. Wir stiegen in einen Zug. Und als der Zug hielt, war da ein Feld. Ein Feld voller Leichen. Tot, muslimische Tote.

Noch ein Auto hupt, schlingert an uns vorbei. Ein weißer Mann zeigt Onkel ████ den Mittelfinger. Doch der starrt geradeaus auf die Straße, reglos.

———————

Ich erinnere mich an Fliegen. Der Boden war ganz nass. Sie stapelten Leichen übereinander.

Er fummelt am Drehknopf des Radios, aber kein Ton kommt heraus.

Deine Ammi war damals noch so klein. Ein Baby. Meine kleine Schwester. Ich habe sie getragen. Ihre Wangen waren so rund. Sie hat mich immerzu angesehen. Überall um uns schrien die Menschen. Und sie hat mich die ganze Zeit angesehen. Wir wurden von meinem Vater getrennt. Ich habe zurückgeschaut und wollte ihn wiederfinden, aber ich entdeckte ihn nicht. Wir rannten über das Feld. Durch einen Wald. Ich habe meinen Vater nie wiedergesehen.

Noch ein Auto hupt, noch ein Auto fährt an uns vorbei.

So viele von den Muslimen, die geblieben sind, wurden getötet. Manchmal ist es besser, die Dinge getrennt zu halten. Wenn sie nicht zusammengehören. Vermischt man sie, kann das schlimm ausgehen.

Die Ampel wird rot. Die Hand meines Onkels wandert wieder zum Lenkrad.

Darum sind wir weggegangen. Darum sind wir nach Pakistan.

Er senkt den Fuß aufs Gaspedal. Er fährt über Rot. Wir lassen das Rot zurück.

Als wir vor dem Haus parken, läuft Noreen draußen auf und ab, mit Oreo an der Leine. So viel Raum zwischen mir und Aisha. So viel Raum zwischen mir und Noreen. Ich will woanders sein. Ich will einen anderen Müllhaufen zum Durchwühlen. Ich öffne die Autotür und zögere, ehe ich sie zuschlage. *Tschüss, Beti,* sagt er lächelnd. Ich lächle zurück. Er lässt uns auf dem Bürgersteig stehen. *Warum lächelst du?*, fragt sie, und mein Lächeln verweht im Wind. *Beti,* äfft sie ihn nach, und es klingt wie ein Fluch. *Sag jetzt nicht, du unternimmst gern was mit diesem Stück Scheiße.*

Mir geht's gut, sagt Aisha, die auf unserem Bett liegt. *Hör auf, so zu gucken*. Im Krankenhaus haben sie ihr ein großes Pflaster über die Stirn geklebt und gesagt, sie braucht viel Ruhe, aber es wird schon wieder. Oreo fläzt auf ihrem Bauch, schnurrt laut.

Aishas Finger spielen mit ihren Haaren, finden einen Knoten. Sie zieht fest daran, und als das Büschel ausreißt, durchbricht es die Stille im Zimmer. Noreens Essen aus dem College in unserem Kühlschrank. Noreen ist wieder studieren.

Ist ja nicht so, als wärst du irgendwie hilfreich gewesen, meint sie, mit finsterem Lachen in der Kehle.

Voll nichtsnutzig, sagt sie seufzend, und dreht sich weg. Meine Brust wird von innen ganz klebrig. Das Blut am Boden. Meine weichen Knie. Die vielen Punkte in meinem Körper. Mein anderes Ich, immer noch da, es sieht uns zu.

Nichtsnutzig
   [ˈnɪçtsnʊtsɪk]
   Adjektiv;

Der Abfluss unserer Badewanne, verstopft von unseren vielen Haaren. Wie er das Wasser nicht durchlässt, außer wir verbiegen einen Drahtbügel und kratzen ein Lebensalter unserer Körperzellen heraus. Das schale Badewasser, das uns jedes Mal, wenn wir duschen, egal wie kurz, über die Knöchel steigt. Leere Flaschen im Mülleimer. Die kaputte Mikrowelle in der Küche. Der immer leere Kühlschrank. Mein klebriges Schließfach in der Schule. Mein Schülerticket für den Bus am Wochenende. Der aufgehäufte, schmutzige Schnee am Straßenrand. Abgestandenes Mineralwasser, das Platz im Kühlschrank verbraucht. Küchenpapier, wenn man Blut vom Boden aufwischen will.

Ich stehe an der Schwelle zum Badezimmer und öffne die Tür, und meine Trauer empfängt mich. Wer ist da? Die Vergangenheit, ein schwarzes, brüllendes Loch. Es wirbelt und wirbelt, ich spüre, wie sein Zentrum mich in sich hineinziehen will. Meine Trauer ruft mir zu, sie ist laut. Der einzige Gott, den ich hören kann. Sie fleht mich an, nicht zu vergessen. Alles sitzt in ihr fest: mein toter Vater, meine tote Mutter, die Länder, aus denen sie stammen und die ich nicht kenne. Meemoo. Tante. Eine Nacht aus tausend Monden, alle kopfüber, herabhängend wie Straßenlaternen. Ein dunkler Himmel, Silberfischchen schwimmen darin stromauf, ein Sternenfluss. Das schwarze Loch zieht das Gesicht meines Vaters in die Breite, sein Lächeln grinsekatzig, es schlägt mich in lauter Zähne ein. Dann fällt er in nichts zusammen, seine Finger geistern in den Raum. Die Nacht schält sich zur Nacht. Ich schließe die Augen und rufe den Gott des Todes an, rufe jeden Gott an, der mir helfen könnte. *Bitte*, flehe ich, und meine Trauer brüllt meinen Namen, ruft mich zu sich. Ihr Schatten verflicht sich mit meinem Schatten, ich werfe ihn, wo immer ich stehe.

In der dritten Stunde werde ich aus dem Englischunterricht geholt und ins Büro meiner Vertrauenslehrerin geschickt. Sie sitzt am Computer und geht meine Notenübersicht durch.

Du bist schlau, sagt sie und wirft mir einen Blick zu.

Schlau genug, um deinen Abschluss ein Jahr früher zu machen, wenn du willst.

Ich tippe mit dem Fuß auf. Darüber habe ich noch nie nachgedacht, früher von der Schule abzugehen. Aisha wechselt bald aufs College. Noreen ist schon weg. Bobby hat heute Abend ein Spiel. Er hat gefragt, ob ich komme. Sie drückt ein paar Tasten, und der Drucker springt an. Wir gucken zu, wie das Blatt rausgleitet, und sie schiebt es mir rüber.

Wäre das was für dich? Du müsstest das hier mit nach Hause nehmen und von deinen Eltern unterschreiben lassen.

Als bräuchte ich für irgendeine Erlaubnis ein Elternteil. Damals, vor all den Jahren, als ich am Tisch saß und Noreen und Aisha zusah, wie man Onkel ████s Unterschrift fälscht. Ich nehme das Blatt und gehe.

Beim Spiel sitzt Bobbys Mutter auf der Tribüne. Sein Dad ist arbeiten, aber er hat Bobby eine Sprachnachricht geschickt, um ihm zu sagen, dass er stolz auf ihn ist. Ich sitze auf der anderen Hallenseite, meine unteren Lider verdunkeln die Augen. Sie hat früher Feierabend gemacht, um ihn spielen zu sehen. Sein kleiner Bruder sitzt neben ihr. Alle wissen, dass sie seine Mom ist, alle lächeln ihr zu und sagen *Hallo, Mrs. Perez*, und ihre Augenwinkel zerspringen in einen Fluss kleiner Fältchen. Um sie herum: ein Lichtbogen, wie bei ihm. Jetzt weiß ich, wo er ihn herhat. Heute ist sein Abend: Er rennt vor und zurück, und niemand kriegt ihn zu fassen, er schlüpft allen durch die Finger, steigt so hoch, dass ihm praktisch die Brust birst. Bei jedem Wurf sucht er das Publikum nach ihrem Gesicht ab, als würde er fragen: *Guckt sie auch zu, hat sie mich gesehen?*, aber ihr Blick weicht niemals von ihm, nicht eine Sekunde.

Ich sitze auf der gesprungenen Kloschüssel und bete, dass mein Körper kein Rot abgibt, mir mitteilt, dass da ein anderer Körper in meinem ist. Etwas, das mich mit ihm verbindet. *Ich habe noch ein Herz für dich.* Pissetröpfchen sprenkeln den Boden, die Lichter über mir flackern an und aus, und ich bete. Ich höre, wie das neue Pärchen in Omars alter Wohnung streitet. Ihr Urdu klingt gedämpft, sodass ich die Wörter nicht verstehe. Ich denke an Bobby, ein Spiegel des Lichts seiner Mutter, ein Spiegel ihrer Augen, die auf der Tribüne zer-flussen. Er spiegelt und spiegelt, und die Welt um ihn her wird zu seinem Abbild. Er gehört der Welt; wenn er rennt, singt die Welt: *Das da vorne ist mein Herz.* Als ich nach dem Spiel auf seine Mom zuging, fasste er mich fest am Handgelenk. Ich wusste, das hieß *Nein.* Ich saß auf der Tribüne und sah zu, wie sein ganzes Team sie umarmte, sah, wie Kareena mit ihrem langen, ordentlichen Zopf mit Schleife nett lächelte. Seine Mom hielt Kareenas Hände in ihren. Und da waren sie: Bobby und Kareena, lauter Grübchen, und das hätte meins sein können. Ich saß auf der Tribüne, bis das gesamte Spielfeld leer war, bis Mr. Stevenson mit dem Besen vorbeikam und meinte, ich müsse jetzt nach Hause gehen, damit er das Licht ausmachen könne. Und nun sagt mir der Test, dass da nichts in mir ist, dass ich am Ende, nach allem, doch allein bin.

Ist ja nicht so, als wär zwischen uns irgendwas gewesen. Wir haben nur ein paarmal zusammen abgehangen.

Wenn du meinst.

Du verstehst das, oder? Also, ich mag dich, aber mein Mädchen ist halt Kareena.

Okay.

Ich hab das Gefühl, du nimmst das jetzt irgendwie persönlich, und dabei hab ich gar nichts falsch gemacht.

Tut mir leid.

Du hast nichts falsch gemacht.

Ich wache auf, weil Aisha mir mit den Fingern durchs Haar fährt. Sie streicht mir mit den Nägeln über die Kopfhaut. So, wie sie früher übers Cello gestrichen hat. Zärtlich. Aisha ist hier, jetzt, neben mir. Ihr Atem sanft. Nach einem langen Tag endlich zu Hause, und trotzdem nimmt sie sich Zeit für mich. Spürt, dass etwas nicht stimmt, lässt mich aber dazu schweigen. In ein paar Monaten wird sie aufs College gehen. Ich werde allein in dieser Wohnung sein. Manchmal wird Onkel ███████ hier sein. Und manchmal nicht. Das Blatt steckt in meiner Tasche. Ich weiß, wie ich seine Unterschrift nachmache. Doch in diesem Moment gibt es nur Aisha und mich in diesem Einzelbett. Sie spielt mit meinem Haar. Und ich weiß nicht, wie, aber ich weiß, dass sie es weiß.

Morgens vor Schulbeginn sitzt er wieder auf der Mauer, den Arm sanft um Kareena gelegt. Ihr Blick gilt nur ihm, das goldene Kreuz ruht perfekt zwischen ihren Schlüsselbeinen. Das Lächeln auf seinem Gesicht wirkt, als hätte sie ihre Grübchen auf ihn übertragen. Er schaut sie an, wie er noch niemanden sonst angeschaut hat, als gäbe es keine anderen Menschen auf der Welt. Als es klingelt und alle sich zum Unterricht aufmachen, nimmt er Kareenas Hand, ihr langer schwarzer Zopf pendelt, und ich höre, wie er sich zu seinen Jungs umdreht und sagt: *Das hier, das ist mein Herz.*

Noreen kommt vom College nach Hause, und ich kann nicht erkennen, ob es Noreen ist oder nicht. Ihr Blick ist verschwommen, sie kann sich auf nichts konzentrieren. Ihre Haut juwelt nicht wie sonst, sie changiert in einen graublauen Unterton, den ich noch nie gesehen habe. Noreen sieht Aisha und mich nicht an, will nicht mit uns reden, schläft bloß. Vielleicht ist sie Dornröschen, eine schlafende Schönheit, nur dass diese Noreen nicht schön ist, diese Noreen sieht nicht wie meine Noreen aus, diese Noreen sieht aus wie eine Fremde. Aisha geht Wasser holen, ich sitze auf der Kante des Ausziehbetts. Und ehe ich merke, was ich tue, ehe ich mich zurückhalten kann, streifen meine Finger ganz leicht über ihren Knöchel, zeichnen ein Muster auf ihre Haut.

Meine kleine Heizung.

Und für einen Augenblick ist sie zurück. Noreen, mein Gott. Gott des Ein-Dollar-Lippenstifts. Gott der Reibeisenstimme.

Noreen liegt da, lächelt zu mir auf, als wäre nichts geschehen. Die Noreen von vor dem College. Die Noreen von vor dem Anruf bei der Polizei.

Du hast uns verlassen. Bevor ich es verhindern kann, sind die Wörter über meine Lippen, die Wörter sind ein Dolch, der sich vor ihr in der Luft formt.

Du uns auch, Bitch.

Aisha kommt mit dem Glas Wasser zurück, und Noreen schläft wieder. Als die Stille einkehrt, als sie sich über uns legt, weiß ich: Sie hat recht.

Bobbys Finger fädeln sich durch Kareenas langen Zopf. Die verpassten Anrufe an Onkel ████. Noreens verschmierter Lippenstift, ihr singender Tonfall. Nichtsnutz. Der leere Flur. Die Vögel fort. Ein ermordeter Vater. Ein schon toter Mörder. Die matte Flamme in meinem Innern. Vergeben und vergessen. Meemoo und Tante weg. Noreen, die jeden will außer uns. Aisha, in ein paar Monaten auf dem College. Niemand, der je helfen würde. Niemand, der ans Telefon geht. Das Blatt in meiner Tasche. Früher von der Schule abgehen. Sein Lachen im Speisesaal. Seine Finger in mir drin. Mein gespaltener Körper. Meine Liebe, gespielt. Ich, die ihm vorspielt, ein Mädchen zu sein. Ich, kein Mädchen. Ich, kein Junge. Meine Verbindung zu zwei ungestalten Körpern. Wie wir nie etwas zu essen im Haus haben. Fremde, die in die Nacht heulen. Er auf dem Basketballfeld und die strahlende Menge. Seine Mutter in den Rängen. Ich kann mich an das Gesicht meiner Mutter nicht erinnern. Von all den Fremden ist sie die Fremdeste.

Wie schrecklich – eine gewöhnliche Waise zu sein. Keine Superheldin. Kein künftiger Zauberer. Kein Prophet, der sich in eine Höhle zurückzieht. Bloß ... gewöhnlich. All der Kummer, umsonst. All der verdammte Kummer für nichts.

Ich stehe über Noreen und Aisha, die im Einzel- und im Ausziehbett schlafen. Gerade jetzt sehen sie perfekt aus, zwei Mädchen, die im Wohnheim ein Nickerchen machen könnten. Die Luft in ihren Brustkörben, sie strömt ein und aus.

Ich kann so nicht leben.

Ich halte das Busticket in der Hand. Alle Götter, die am Nachthimmel leben, blinzeln durch den Nebel der Stadt auf uns herab. Der eine Gott, vor dem ich niederknie. Als ich am Bahnhof auf der Bank sitze, ist der Koffer gut unter meinen Beinen verstaut. Wenn ich woandershin gehe, kann ich von vorn anfangen. Die Weltgeschichte braucht meinen Namen nicht zu kennen. Meinen verdammten Schmerz. All die Orte, an denen ich mich selbst verlassen habe. Was nicht repariert werden kann. Ich könnte allem angehören. Ich könnte im Nichts mein Zuhause errichten.

sie

er ist ein dummer mann, ständig
sorgt er sich um die falschen dinge.
mein ehemann: der angehende arzt, besessen
von der idee, dass liebe sich
durch dinge beweisen lässt

steht jetzt vor mir, der traum
in seinem blick schwindet. das apparatelied
summt im hintergrund, das krankenhauslicht
schmeichelt nicht, mein ausgefallenes haar
die schläuche in meiner nase

ich kann nicht glauben
dass er sie hergebracht hat – meine kinder.

er ist ein dummer mann, rührselig
denkt, dass sie das hier unbedingt
sehen müssen. mit das hier meine ich: mein sterben.

mit sehen meine ich, wie ihr blick
an die decke blickt, auf das krankenhausbett
die apparate, wie sie ihre
kleinen gesichter bei ihrem baba bergen & darum bitten
nach hause zu gehen

ich konnte nie
herausfinden, was
du von mir brauchst.

mein ehemann, wimpern
wie spinnenbeine
feucht, stockender atem
der seine brust schüttelt

zu jung, mit einer toten frau
zu jung, ein haufen kinder
die an ihm zerren
als wüsste er, was zu tun ist

sie sind alles, was ich wollte

meine geschenke, zu jung
um in diesem zimmer zu sein

meine geschenke, die augen auf allem
außer mir

sein blick kehrt zu mir zurück
& wir sind wieder jung, lebendig

auf unserer hochzeit,
der spiegel zwischen uns
als meine augen die seinen
zum ersten mal erblicken

maschallahs
auf jedermanns lippen

wir sind wieder jung
unsere erste wohnung
mit der matratze am boden
so kahl

der kühlschrank leer
bis auf sein lachen, das
mich wärmte, mich honigsüßte

seine finger gänsehauten
meine haut, sein lecken wiegenliedet
mich in den schlaf

jetzt, am ende von all dem
seine angst, dass ich ihn geheiratet habe
& mein leben endete

dass es nicht gut war

ein dummer junge, der liebe
mit den falschen dingen bemisst

ich wünsche mir
ein letztes geschenk

seine spinnenwimpern wenden sich mir zu
verzweifelt, das netz,
das er auswerfen würde. alles, er würde
alles tun.

die krankenhaustür geht auf, echte ärzte
stürzen herein. nicht mein ehemann, der angehende
nicht mein ehemann, klebrig vor hoffnung

liebe sie. liebe sie unbändig.
behalte sie bei dir. sorge dafür,
dass sie einander lieben.

da: seine schönen, dummen
augen sehen mich an, verloren
wie immer.

meri jaan.

& er nickt, das versprechen ist gegeben.

sagt eurer mutter lebewohl.

keines meiner kinder regt sich.
lebt wohl, meine engel

lebt wohl.

Schwester. Schwester. Schwester. Schwester. Schwester.
Schwester. Schwester. Schwester. Schwester. Schwester.
Schwester. Schwester. Schwester. Schwester. Schwester.
Schwester. Schwester. Schwester. Schwester. Schwester.
Schwester. Schwester. Schwester. Schwester. Schwester.
Schwester. Schwester. Schwester. Schwester. Schwester.
Schwester. Schwester. Schwester. Schwester. Schwester.
Schwester. Schwester. Schwester. Schwester. Schwester.
Schwester. Schwester. Schwester. Schwester. Schwester.
Schwester. Schwester. Schwester. Schwester. Schwester.
Schwester. Schwester. Schwester. Schwester. Schwester.
Schwester. Schwester. Schwester. Schwester. Schwester.
Schwester. Schwester. Schwester. Schwester. Schwester.
Schwester. Schwester. Schwester. Schwester. Schwester.
Schwester. Schwester. Schwester. Schwester. Schwester.
Schwester. Schwester. Schwester. Schwester. Schwester.
Schwester. Schwester. Schwester. Schwester. Schwester.

Allah, ich betete um Raum & du antwortetest mit einer ganzen Galaxie. Ich dachte, du hättest mich vergessen. Aber du antwortest immer. Ich bin mein eigener Planet, alleint. Ich suche nach meinen Schwestern. Nach meinen Sonnen. Ich erwache & meine Hände bleiben kalt.

mer___dil

Gründe, warum Menschen gehen:

Als Onkel ████ stirbt, erfahre ich es nicht durch einen Anruf oder einen Brief. Ich weiß nicht, warum ich dachte, die Nachricht würde per Brief kommen, als Einladung zu seiner Beerdigung, so wie eine Hochzeitseinladung mit der Post kommt. Nicht, dass irgendwer meine Adresse hätte – ich ziehe zu oft um, als dass bei mir noch jemand hinterherkäme. Manchmal schlendere ich plötzlich zu einer alten Wohnung, in der ich einmal gelebt habe, beobachte, wie die neuen Leute ihren Leben nachgehen, als wären sie schon immer dort gewesen. Manchmal suche ich plötzlich alte Lieben auf, nur um sie mit neuen Lieben zu erwischen – Freundinnen, Freunden, Freund*innen –, wie sie weitermachen, als wäre ich bloß ein winziger Impuls auf ihrem Radar gewesen. Ein winziger Satz in ihrer Geschichte.

Ich bin jetzt siebenundzwanzig, und wenn ich in eine neue Wohnung ziehe, lebe ich dort noch immer, als könnte ich sie jeden Augenblick wieder verlassen – mein Zeug bleibt in den Koffern, die Möbel finde ich auf der Straße und schustere sie mir zu einem behelfsmäßigen Zuhause zusammen. Aus nichts kann ich alles machen, und ich kann dafür sorgen, dass es die Nacht über reicht, und die nächste Nacht, und die übernächste. So zu leben – von einer Nacht zur anderen –, bringt mich durch all meine Nächte, macht meine Jahre auf dieser Erde zu einem Zusammenschnitt von einer einsamen Nacht nach der anderen, obwohl ich eigentlich nie allein schlafe.

An dem Abend, an dem ich erfahre, dass mein Onkel gestorben ist, ist ein neuer Jemand in meiner Wohnung, raucht einen Blunt am offenen Fenster. Ein neuer Er in einer langen Reihe von Deys. Manchmal sind es Sies. Manchmal Deys. Meine ganze Welt läuft über vor Deys; Deys, die mich berühren, Deys, die mir zulächeln, wenn ich die Straße langgehe, Deys, die versprechen, mich zurückzurufen, und nie Wort halten. Ich sage nicht viel, aber ich verliebe mich in sie alle.

Vor ihm war ich mit einer Person zusammen, die mich an Kareena erinnert hat. Sie sah ihr überhaupt nicht ähnlich. Aber die gleiche Sanftmut. Eine warme Stimme. Nett zu allen. Wir haben zusammen gearbeitet, und ich hab manchmal bei ihr auf dem Sofa gepennt. Haben dann angefangen zu ficken. Ich habe gelernt, einen Strap-on zu benutzen. Habe gespürt, wie es wäre, einen Schwanz zu haben. Ich muss zugeben, meine Penetrations-Skills hätten wahrscheinlich besser sein können. Aber ich tat, als wäre ich absoluter Profi im Ficken. Durch Schein zum Sein, oder so ähnlich. Wir gingen immer öfter miteinander aus. Es kam so allmählich, dass ich gar nicht gemerkt habe, was los war, bis sie irgendwann meinte: *Scheiße, wir sind zusammen*, und mir wurde klar: Ja, genau das waren wir. *Warum weißt du nicht, wie man mit jemandem zusammen ist?*, fragte sie manchmal, im Scherz, aber auch wieder: nicht. In Restaurants schrieben wir auf die Tischdecken gern eine Liste mit Ländern, in die wir zusammen reisen wollten. Sie wurde allerdings zusehends genervter, sagte, ich wäre zu verschlossen. Dass sie nie wisse, was ich gerade denke. Sie wollte, dass ich mehr rede. Woraufhin ich weniger redete. Und dann ging ich, zog ohne sie in diese neue Wohnung, und wir fuhren in keines der Länder. Alle Leute, mit denen ich je zusammen war, verschwimmen miteinander. Sie verlassen mich nie. In meinen Träumen zerfließen sie zu einer Gesichtersuppe.

Ich kriege eine Nachricht von einer Nummer, die ich nicht kenne, lösche sie fast, ohne sie anzusehen. Aber irgendwas hält mich zurück. Und als ich draufklicke, steht da Noreens Name, als hätte sie gewusst, dass ich etwas getan haben würde, um sie zu vergessen, wie ihre Nummer zu löschen, oder aber: sie gar nicht erst abzuspeichern. *noreen hier. onkel* ███████ *ist tot. krebs oder irgendson scheiß. morgen beerdigung.* Nur Kleinbuchstaben, keinerlei Bedauern, Krankheit oder Tod oder irgendeine andere Unannehmlichkeit.

Und für eine Sekunde bleibt mir das Herz stehen, nicht, weil mein Onkel tot ist, sondern weil ich ihren Namen gesehen habe, einen Namen, der einst meine Sonne war, zum ersten Mal seit Jahren. *Inna lillahi ua inna ilayhi radschiun,* tippe ich zurück.

Wir gehören Ihm, und zu Ihm kehren wir heim.

Mein Onkel ist gestorben, sage ich zu dem Sofatisch, den ich drei Straßen weiter gefunden habe, der zu schwer für mich war, um ihn allein zu tragen, den ich aber trotzdem allein getragen habe und Rückenschmerzen davon kriegte. Der

Sofatisch mit den alten Wasserflecken eines anderen Besitzers, eine Mahnung, dass er nicht, niemals, nur meiner sein könnte.

Ach Scheiße. Wann ist die Beerdigung?,

fragt er und drückt den Blunt an der Fensterscheibe aus. Zu schade, den Rauch so davonwabern zu sehen, ein verfrühter Tod.

Ich weiß, was meine Tante sagt. Vergeben. Vergessen. Aber wie sehr ich mich auch bemühe, ich erinnere mich doch. Mein Gedächtnis ist eine alte Videokassette, in Dauerschleife.

Natürlich lebten alle ihr Leben weiter: Aisha ging mit Vollstipendium aufs College, genau wie Noreen. Sie ist jetzt Geschäftsführerin in einem Hotel. Hat eine Bildhauerin geheiratet. Noreen hat nach dem College ihren Doktor gemacht, dann ein schicker Job als Architektin in einem Hochhaus im Zentrum Chicagos. Das sind die Infos, die ich in den sozialen Netzwerken über sie zusammengesucht habe. Erfolgreiche Waisen. So gut im Verheimlichen, dass niemand darauf käme. Auf dem Papier lebte auch ich weiter. Ging früh von der Schule ab. Arbeitete ein Jahr und wohnte in einem Zimmer, das ich auf einer Website für Kleinanzeigen gefunden hatte, eine weitere Wohnung voller Fremder. Dann aufs College. Mit Stipendium. Jugendleiter*in. Nach dem Unterricht gab ich Kunstkurse. Kratzte jeden Monat Geld für die Miete zusammen. Und natürlich war ich gut darin, der Welt zu zeigen, dass ich am Leben war: postete ab und an ein Foto auf Facebook oder Instagram, freundete mich in den Städten, in denen ich lebte, mit Leuten an, lernte, ein paar Gerichte zu kochen, aß keinen abgepackten Zebrakuchen mehr zum Abendessen. Aber innerlich bin ich wie gefroren. Überall um mich herum: Stille.

Ich hatte nie daran gedacht, dass er mal sterben würde. Mein Onkel ████. Sein Körper im Hausflur. *Mit dir kommt man besser aus als mit deinen Schwestern.* Das Deckenlicht pendelt hin und her. Seine Hände um meinen Hals. Er, wie er mich musterte, als ich auf der Matratze saß, mich nicht bewegen konnte. Er, wie er unsere Stundenpläne kontrollierte. *Wem wird man wohl glauben?* Und dann, einfach so, ist er eines Tages plötzlich von uns gegangen, Vergangenheitsform. Er war.

Wir beerdigen Menschen schnell. Wenn wir sie einbalsamieren, kann der Körper nicht zurückkehren. Also beeilen wir uns. Noch am selben Tag, wenn es geht, und wenn nicht, am nächsten. Ein Tag zum Verabschieden. Eine Nacht für die Reise. Ich blicke erneut auf die Nachricht. *Morgen.* Ich starre auf den Namen meiner Schwester, der von meinem Handy aufstrahlt, in perfektem Glanz.

Noreen. Gott der Nachrichten. Gott der Waisen. Gott des Morgen.

Er will mich begleiten, der Junge mit dem Blunt, auf die Beerdigung. Ich bin überrascht, als er es sagt; seine Fürsorge, die Vorstellung, dass er vielleicht denkt, ich bräuchte jemanden an meiner Seite, und die Vorstellung, dieser Jemand könnte er sein. Ich verstehe es – was er bezweckt: so deutlich, dass es wie ein Film scheint, den ich mir anschauen könnte, ein Film, wegen dem ich anschließend weinen und mich fragen würde, warum mein Leben sich nie als so romantisch erweist wie die Geschichten auf der Leinwand. Wir reden, dort: in dieser Wohnung mit den zusammengewürfelten Möbeln. Ich bin nicht in meinem Körper, sondern sehe von der Küchentheke aus zu. Mein Körper tut noch immer so, als wäre er ein Mädchen, obwohl ich keines bin. Er sagt, er habe nicht gewusst, dass ich noch Kontakt zu meiner Schwester habe, dass Onkel ███████ noch lebt. *Also hat er dich großgezogen?*, fragt er und versucht, eine Karte von etwas zu erstellen, das nicht zu kartieren ist, eine Karte ohne Legende.

Mein Dschanamas hängt über dem gelben Stuhl, den mir eine Freundin geschenkt hat, als sie vor ein paar Monaten umgezogen ist. Vorhin hat er ihn berührt, mir gesagt, ich solle ihn an die Wand hängen, weil er so schön sei. Schwachkopf. Ich bin jedes Mal überrascht, wie viel Scheiß man Leuten erklären muss, die keine Muslime sind. Mir wurde unwohl, als er ihn berührte, seine Hand so nah an meinem Gott.

Er wartet auf meine Antwort, und ich frage mich, warum ich mir nie die Zeit genommen habe, diese Wohnung zu meinem Zuhause zu machen. Klar, es gab andere Wohnungen, eine lange Reihe davon, um ehrlich zu sein. Aber hier mochte ich von Anfang an, wie das Licht morgens ins Wohnzimmer fällt. Ich hätte ein Sofa besorgen können, das besser reinpasst, anstelle des gebrauchten, das schon hier stand und auf dem wahrscheinlich schon unzählige Leute vor mir gefickt haben. Er meint, ich würde nie was aus meiner Kindheit erzählen und dass er versucht hat, mich nicht zu drängen, aber er will es wissen. Ich frage mich, ob ich die letzte Person sein werde, der dieses Sofa gehört. Wo es nach mir hinkommen könnte. Ob das hier wohl sein Ende ist, oder sein Anfang.

Was ist passiert? Mit dir und deinen Schwestern?

Es klingt weich, seine Worte, ein Häschen auf einer Landmine. Meine Lunge stößt mir gegen die Rippen, ein Gefühl, das ich jahrelang nicht hatte; seit ich von ihnen fort bin, seit ich so still verblasste, dass ich verschwand.

Ich muss jetzt bei meiner Familie sein,

sage ich, überrascht von diesem Wort. *Familie.* Aishas Füße, die von der Feuertreppe baumeln. Noreens Lachen, das durch den Raum tiriliert. Ich habe sie seit Jahren nicht gesehen.

Ich spüre, wie meine Flamme sich entzündet. Um mich herum: Rauch. Um mich her wird alles Wüste. Der Skorpionstachel erhebt sich. Er will sich in jemanden hineinschlagen. Nach all den Jahren. Er will etwas bluten lassen.

Ich dachte, du und ich, wir wären Familie.

Familie. Aisha. Noreen. Onkel ████. Tante. Meemoo. Meine tote Mom. Mein toter Dad. Die Wohnung. Die Feuertreppe. Das Ausziehbett. Alle Türen in mir verschließen sich.

Da bin ich: Vor dem Wohnblock, stehe mit einer Tasche auf der Straße. Die Türen wurden neu gestrichen. Ausgerechnet gelb. Der Eingang zu einem Zoo starrt nach draußen. Wer immer sie neu gestrichen hat, dachte wahrscheinlich, so sähe es einladend aus. Von außen wirkt das Haus kleiner als in meiner Erinnerung. Ich denke, dass sie vielleicht dort übernachten, Aisha und Noreen. Ich könnte reingehen. Ich wette, mein Schlüssel passt noch. Ich könnte die Tür aufschließen, könnte die Treppe hochsteigen, könnte unsere alte Wohnung betreten, in der wir mit Tante und Meemoo gelebt haben, mit Aalia und Tiffany. Ich könnte runter in die Einzimmerwohnung gehen und nachschauen, ob sie noch hier sind. Wäre möglich. Aber in meiner Nachricht habe ich nicht danach gefragt. Nur geschrieben: *Ich komme*, und da bin ich. Hier. Mein Atem ein wenig zu flach. Meine Lunge drückt unangenehm gegen die Rippen. Nach all den Jahren. Hier.

Stattdessen nehme ich für zwei Nächte ein Hotelzimmer in der Nähe. Ein ranziges Hotel, nichts Besonderes, und als ich ankomme, zermatsche ich mit dem Turnschuh eine Kakerlake, die gerade die Wand hochkrabbelt. Ich rufe bei der Rezeption an, und sie erlassen mir dreißig Dollar. Ich erwäge, noch mehr Kakerlaken einzutragen und noch öfter unten anzurufen, und frage mich, ob ich das Zimmer komplett umsonst kriegen könnte. Es kommt mir ungerecht vor, Geld zu bezahlen, nur um bei dieser beschissenen Beerdigung dabei zu sein. Ich weiß, wenn ich Ja gesagt hätte, wenn er mitgekommen wäre, würden wir jetzt wahrscheinlich in einem schöneren Hotel übernachten, weil er Geld dazugetan hätte. Aber stattdessen ist er ein halbes Land entfernt, in seiner eigenen Wohnung, und wartet vielleicht auf mich. Vielleicht auch nicht. Ich bin gegangen. Er hat mich ein paarmal angerufen. Ich hab nicht abgehoben. Er hat nicht mehr angerufen. Vielleicht ist er jetzt mit jemand anderem zusammen. Die Leute gehen so schnell zu was Neuem über. Und ich fühle mich so provisorisch. Ich mache eine Liste von allem, was ich ihm erzählen könnte: wie ich die Parks meiner Kindheit besucht habe, die gelbe Tür, die beschissene Empfangsfrau unten, die mit einem redet, während sie gleichzeitig telefoniert, sodass man nie genau weiß, mit wem sie gerade spricht. Ich frage mich, wie es wäre, wenn ich nicht länger vorgeben würde, ein Mädchen zu sein. Ob er noch bei mir bliebe. Vielleicht dürfte ich ihn dann endlich mit dem Strap-on ficken. Vielleicht auch nicht. Aber um ehrlich zu sein, ist seine Arschhygiene eh etwas fragwürdig. Kein Hauch von einem Lota in Sicht. Da müssten wir dran arbeiten. Ich glaube nicht, dass er noch mal anruft. Ich nehme mir ein Hotelhandtuch und lege es auf den Boden. Meine jämmerliche Dschanamas-Attrappe. *Allah, bitte vergib mir meine Minderwertigkeit,* sage ich. Ich knie nieder.

Ich hatte keine Zeit, mir eine weiße Kurta zu besorgen, also trage ich ein weißes Kleid und einen Dupatta über den Schultern. Das Kleid ist für eine Beerdigung nicht angemessen, hinten tief ausgeschnitten, sodass man beim Laufen die sanften Einbuchtungen meiner Wirbelsäule sieht. Haram. Aber was soll's. Es ist die Art Kleid, die ich abends nicht allein draußen tragen kann, weil es darin schwierig wäre, die Straße entlangzugehen. Ich kann es nur anziehen, wenn ich weiß, dass jemand bei mir sein und mich gegen die Blicke abschirmen wird. Doch ich kreuze darin bei Onkel ████s Begräbnis auf, und ich habe es noch nirgendwo sonst mit so viel Selbstvertrauen getragen.

Als ich ankomme, sind ein paar Leute aus der Nachbarschaft da, ältere Südasiaten, die mich nach all den Jahren nicht wiedererkennen. Und Onkel ████s Frau und die zwei Söhne. Das runde Gesicht seines Älteren. Die schmale Nase des Jüngeren. Der strenge Blick seiner Frau. Ihr blondes Haar, jetzt weiß. Die Familie, von der er so verzweifelt geliebt werden wollte. Sie beachten mich nicht, als ich reinkomme, und ich setze mich auf einen der hinteren Plätze. Eine ganze Stadt zwischen uns. Ein ganzer Vorort. Die Zugstrecke. Ein Bus. Fünfzehn Blocks. Ein gewässerter, geblümter Rasen. Ein Haus und ein Ausziehbett. Ich warte, übe mich in Geduld, der Schweiß sammelt sich in meinen Achselhöhlen. Bis ich aus dem Augenwinkel eine Gestalt eintreten und hinter mir Platz nehmen sehe.

Hey, Kleine.

———

Ich drehe mich um, und da ist Aisha: mit kurz geschorenem Haar rund um die Ohren, in langer weißer Kurta und Hose, nach Rosen duftend. Ihr sanftes, rundes Gesicht, Honig strahlt von ihr ab. Mein jüngerer Gott, die Wangen rosa von Rouge. Wir blicken uns in die Augen und in meine steigen sofort die Tränen, und Aisha lacht, strahlendes Lächeln, frei.

Hast du schon gesehen, ob −

Sie muss den Satz nicht beenden, der Kloß in ihrem Hals schluckt den Namen.

Der Sarg ist offen, aber weder Aisha noch ich sind aufgestanden, um Onkel ▆▆▆▆ anzuschauen. Ich habe mich eine Reihe nach hinten neben sie gesetzt, wir sind zusammen, Knie an Knie, gucken auf ihr Handy, während sie mir Fotos zeigt. Ihre Partnerin ist wunderschön, langes schwarzes Haar bis zur Mitte des Rückens, braune Haut, Mandelaugen, schwanger. Ihre kleine Wohnung in New Jersey, das Kinderzimmer streichen sie gelb.

Weißt du noch, wie du das Stockbett gelb angestrichen und dabei nicht mal das Fenster aufgemacht hast? Wir waren tagelang high.

Eine Sache, an die ich mich nicht erinnern kann, aber sie fühlt sich so vertraut an, dass ich trotzdem lache. Das Bild von uns dreien, kleine Ballons auf Essensentzug und Farbe schnüffelnd, in unseren eigenen Umlaufbahnen. Ich frage mich, wie es wäre, wenn sich all unsere Erinnerungen übereinanderschichteten, was wahr wäre und was Schein.

Warst du kurz in der Wohnung? Sie ist gelb. Ich glaube, er hat sie für dich gestrichen, sagt Aisha nachdenklich, und ich sehe sie überrascht an.

Er hat dich sehr vermisst, als du weg warst. Er mochte dich immer am meisten, meint Aisha lachend, drückt sanft meine Hand. Und da ist ein Gedanke, der mir noch nie gekommen ist: er, in unserer Wohnung, wie er mich vermisst.

Bist du mit jemandem zusammen? Du hattest immer irgendwen.

———

Ich denke an den Menschen, der mit mir herkommen wollte. Den Menschen, den ich nicht kommen ließ. Den Menschen, den ich verlassen habe. Den Menschen, dem meine Gedanken immer wieder zutreiben.

Ich habe dich.

Es kommt aus meinem Mund, bevor ich überhaupt darüber nachdenken kann. Aishas Augen glitzern kurz.

Wir hören das Klacken von Absätzen und drehen uns beide gleichzeitig um. Und da, im Türrahmen, steht Noreen.

Gründe, warum Menschen bleiben:

Noreen, in einem schicken weißen Anzug, weißen Stöckel-schuhen, das glatte Haar fällt ihr bis knapp über die Schultern. Noreen mit dem schmalen Gesicht, mit den braunen Augen, sie sieht uns direkt an.

Gehen wir zusammen?, fragt sie und kommt auf uns zu.

Und wie Entenküken schließen Aisha und ich uns Noreens Prozession an, treten zusammen zu Onkel ████. Und da liegt er: tot, ein bisschen bläulich im Gesicht, aufgedunsener als zu Lebzeiten. Und auf einmal: weniger furchteinflößend. Wie ein Fremder. Runzlig, mit Lippenstift. Der rosa Farbton auf seiner Haut. Weiches Gesicht. Die geschlossenen Augen. Ein alter Mann.

Onkel ████, im Auto, wie er auf etwas schaut, das ich nicht ganz erkennen kann. Seine Hände am Steuer. Das Haar auf seinen Fingern dicht.

Lass die kleinen Dinge nicht zu was Größerem werden.

Noreens Lächeln im schmalen Gesicht ist das gleiche wie immer. Sie könnte auf der Highschool sein. Sie könnte vier sein. Sie könnte in einem Pflegeheim sein. Aishas rundliche Wangen, das Grübchen in ihrem Mundwinkel. *Schwestern.* Das Wort klingt fremd. Nicht nach dem, was wir sind. Nicht nach dem, was wir je waren. Eine kleine Welt. In dem Versuch, uns zusammenzuhalten. Braune Augen zu braunen Augen zu braunen Augen. Die sanfte Rundung von Aishas Lippen, sie wandern nach oben, ein Schmunzeln. *Lass es noch dauern, lass es noch dauern.* Das Glänzen in Noreens Augen. *Lass es noch dauern, lass es noch dauern.* Das Lachen, das sich dort zusammenbraut, gleich hinter den Augen. Fordert eine von uns heraus, zuerst nachzugeben.

Schwester. Schwester. Schwester. Schwester. Schwester.
Schwester. Schwester. Schwester. Schwester. Schwester.
Schwester. Schwester. Schwester. Schwester. Schwester.
Schwester. Schwester. Schwester. Schwester. Schwester.
Schwester. Schwester. Schwester. Schwester. Schwester.
Schwester. Schwester. Schwester. Schwester. Schwester.
Schwester. Schwester. Schwester. Schwester. Schwester.
Schwester. Schwester. Schwester. Schwester. Schwester.
Schwester. Schwester. Schwester. Schwester. Schwester.
Schwester. Schwester. Schwester. Schwester. Schwester.
Schwester. Schwester. Schwester. Schwester. Schwester.
Schwester. Schwester. Schwester. Schwester. Schwester.
Schwester. Schwester. Schwester. Schwester. Schwester.
Schwester. Schwester. Schwester. Schwester. Schwester.
Schwester. Schwester. Schwester. Schwester. Schwester.
Schwester. Schwester. Schwester. Schwester. Schwester.
Schwester. Schwester. Schwester. Schwester. Schwester.

Ehe wir einen Gott verehrten, verehrten wir Bäume. Ja, da war der Mond. Immer der Mond. Aber vergesst die Bäume nicht. Die Banyans mit ihren wehenden, wogenden, wandernden Weisen. Wo unsere Vorfahren leben. Sie wachsen in den Spalten, an den Orten, die wir übersehen. Ein einziger Baum in einem Labyrinth aus Ästen, allein schon ein ganzer Wald, an sich bereits eine Familie. Bänder hängen von den Zweigen, wehen rosa im Wind. Gebet schichtet sich auf Gebet, eine Million Gebete über Tausende Jahre, Gebete, die singen, wenn man die Rinde berührt. Die Bäume singen einander vor, über Grenzen, über Dörfer hinweg. Ihr ständiges Geplapper, ihr Palaver. Sie familien einander. Selbst wenn man eine Grenze zwischen ihnen zieht. Selbst wenn einer der Bäume lügt. Selbst wenn einer der Bäume mehr Raum will, eine eigene Galaxie. Selbst wenn ein Dschinn sich der Blätter eines Baumes bemächtigt. Sie lieben einander – die Bäume. Sie schlagen Wurzeln in den Boden. Schlagen Wurzeln zueinander. Ihre Äste, sie graben sich in die Erde, nähren das Erdreich. Die jungen ersetzen die alten, ein Kreislauf, der ewig kreist. All die Geschwister, ineinander verschlungen. Schwesterzweige, die sich gegenseitig die Kleider klauen. Bruderzweige, die sich an die Eltern schmiegen. Die Eltern, müde und gereizt. Klagen über Geld. Der Scheißonkel, mit seiner ewigen verfickten Scheißtour. Die Nicht-ganz-Bruder-nicht-ganz-Schwester-Zweige, die sich weiter hinauswagen.

Die älteren Äste, die den Rahmen des Ganzen bilden, ehe sie absterben, ehe sie in die Erde zurückfließen, ehe sie zu etwas Neuem werden.

DANK

Danke, Allah: Großer Schöpfer, Große Geschichte, Großes Geheimnis, für mein Leben. Dank an all meine Lehrer*innen. Danke, dass ihr mir die Möglichkeit gegeben habt, diese Geschichte, dieses fiktionale Werk, zu erzählen, Schmerz aus meinem Körper zu nehmen und in dieses Buch einfließen zu lassen. Danke für die Erkenntnis, dass es eine größere Geschichte gibt, hinter Schmerz und Einsamkeit.

Ich bete dafür, dass dieses Buch heilt. Ich bete dafür, dass dieses Buch heilsam für meine Familie ist, für meine Abkunft, für meine Vorfahren. Ich bete dafür, dass es heilsam für mich selbst ist.

Amin.

Ich begann dieses Buch in Einsamkeit, als die Trauer so unerträglich war, dass ich nicht mehr wusste, wer ich war. Ich begann, es heimlich zu schreiben, ließ kommen, was kam. Ich wusste nicht, wo es mich hinführen würde. Ich wusste nicht, was es war. Ich ließ es kommen. Ich setzte dieses Buch in Einsamkeit fort. Ich beging einen Fehler: Ich redete mir ein, ich könnte es allein schaffen.

Es ist ein Streich des verwaisten Verstandes, zu glauben, man wäre ins Alleinsein geboren. Dass es keinen Ausweg daraus gibt. Genau das ist der Streich: zu glauben, dass du dir allein ein Zuhause erschaffen kannst, wo du niemanden brauchst, sodass du niemanden mehr verlieren musst. Das hält dich dort fest. Mich hat es zu lange gehalten. Es hat sich in meine Gedanken geschlichen, hat alles beschattet, sodass ich nicht sehen konnte, wer rings um mich war, ihre langen Verzweigungen die mich über all die Zeit geformt hatten.

Nichts geschieht in Einsamkeit. Ich bin nicht allein, weil sie tot sind. Ich bin nicht allein, denn mein Leben ist voller Menschen, voller Bücher, voller Liebe und Ideen, nach denen ich die Hand ausstrecken, die ich berühren kann. Ich kann nicht allein sein, wenn jeder Mensch in meinem Leben eine Galaxie ist, in sich selbst eine Welt auf einer Welt. Ich kann nicht allein sein, wenn ich es niemals war, wenn sie die ganze Zeit bei mir waren. Wenn sie mich machen, mich formen, wenn es sich im Grunde so anfühlt, als wären all meine Atemzüge und alles, was ich schreibe, unglaublich stark von allen um mich herum geprägt, von der Welt und von den Autorinnen und Autoren, die mir Gestalt geben und mit denen ich im Dialog stehe.

———

Was für eine Hoffnung – dass wir so eng miteinander verbunden sind. Wie dumm ich mich angesichts der Momente fühle, in denen ich etwas anderes glauben konnte. Nichts in mir würde je wünschen, dass wir uns voneinander entwirren. Denn der Grund, zu leben ist genau das. Einander. Jene, die gingen, und jene, die geblieben sind. Ya Allah, was habe ich für ein Glück. Ich bin unendlich dankbar für meine Toten. Ich bin unendlich dankbar für meine Lebenden. Ich bin.

Wie Ross Gay in der wundervollen Danksagung seines Buches *Be Holding* schreibt: »Diese Ver-ein-igung hat manchmal auch ihre Ambivalenzen in der weltzerstörerischen, kapitalistischen Albtraumfantasie des Individuums. O Scheiße, ich selbst, ich habe nie etwas allein gemacht. O Scheiße, ich bin vielleicht gar kein Ich selbst! O Scheiße, ich bin ganz eindeutig kein Ich selbst! O Scheiße, das wurde mir alles geschenkt! Alles wurde mir geschenkt! Oh. O. Danke.«

Hier ist also eine kurze, und vollkommen unvollkommene, Aufstellung der Dinge, die mir geschenkt wurden, ohne die es dieses Buch niemals gäbe. Denn dieses Buch kommt nach euch allen und nach so vielen anderen:

Dank an Douglas Kearney, dessen strahlendes, leuchtendes Werk mir stets gezeigt hat, wie man Gefühle in Bilder übersetzt. Danke für das Gelernte, für die Sorgfalt und für das große Glück, das ich empfinde, so viel Zeit mit deinen Büchern zu verbringen.

Danke, William Golding, für *Herr der Fliegen*. Für die gestrandeten Jungen. Für das Stranden. Für das Buch, zu dem ich immer wieder zurückkehre, wenn ich gestrandet bin, um mich zu erinnern.

———

Dank an Justin Torres. Danke für *Wir Tiere*. Als ich dieses Buch las, erhielt ich eine Erlaubnis. Ich erhielt Skizzen. Ich erhielt Lyrik. Es krallte sich in mein Herz und gab mir das Gefühl, Romane schreiben zu können; als wäre es mir möglich, mich in meine eigenen Entdeckungen zu stürzen. Die besten Schriftsteller*innen erteilen Erlaubnis. Danke für euer Werk, das erlaubt.

Dank an Paul Auster für *Stadt aus Glas*. Den Turm zu Babel. Sprache, die nie genug ist, und doch meine ganze Welt. Danke für den Abschluss. Für das Gesagte und das Ungesagte.

Dank an Haroon Khalid für das Buch *In Search of Shiva: A Study of Folk Religious Practices in Pakistan*. Danke für die Beharrlichkeit, mit der dieses Buch fürs Erinnern einsteht. Es hält beharrlich fest, was der Staat zu vergessen versucht. Als ich dieses Buch am meisten brauchte, fand ich es, oder es fand mich. Als ich mich gebrochen & ängstlich fühlte. Und dann – diese Worte. All das Dokumentierte. Was für ein Geschenk. Es hat mich angefüllt. Es hat mich sehen gemacht. Es hat mich hoffen gemacht. Und es hat mir geholfen, mich auf ein Ende für mein eigenes Buch zuzubewegen. Dein Kapitel über heilige Bäume, und wie du über die Banyans schreibst – nur dadurch konnte ich diesen Roman vollenden. Der letzte Abschnitt dieses Buches ist zugleich von dir beeinflusst und dir gewidmet. Danke.

Dank an Akwaeke Emezi, für ihre Erforschung von Sein und Seele in *Süßwasser*. Danke für die Versprachlichung all der Ichs. Es war unglaublich beeindruckend, deine Beschreibung von Momenten der Abspaltung zu lesen, und es hat mir geholfen, etwas in mir zu öffnen, und bahnte mir einen Weg, um selbst über Dissoziation zu schreiben. Danke für dieses federnde, leuchtende Beispiel, das ermöglicht und ermöglicht. Danke für die Erlaubnis deines Buches, für die große Öffnung, die es ermöglicht. Und danke für den Begriff *Brüderschwestern*, der mir so geholfen hat.

Dank an Carmen Maria Machado für *Das Archiv der Träume*. Danke, dass es Schweigen bricht, sodass unzählige andere ihres ebenfalls brechen können.

Dank an Arundhati Roy für *Der Gott der kleinen Dinge*. Danke für all die Götter. Danke für all die kleinen Dinge. Danke für dieses Buch; meine eigene Ausgabe ist so abgenutzt, dass alle Seiten rausfallen.

Und Dank an Khudejha Asghar und Ruquia Asghar, deren Worte, Leben, Liebe und Ideen mich von jeher beeinflussen. Dank an meine Schwestern, dass sie mich beschützt haben, dass sie mich auf all die wunderbaren Arten lieben, die uns so eigen sind. Dank an Tante Kaniz und Onkel Fuzzy, denen ich ewig dankbar für ihre Liebe bin.

Danke für alle Sprache, wo auch immer ich sie gefunden habe. Nur durch dich kann ich versuchen, mein Ich zu erklären. Und ich bin so voller Dankbarkeit.

Manche Bücher kommen dem Herzen so nahe, dass man danach wie neugeboren ist. Dass man nicht länger wie vorher sein kann. Ich weiß nicht, welchen Widerhall dieses Buch in der Welt finden wird. Aber – dieses Buch hallt in mir und für mich. Es hat mein Herz geöffnet und mich wiedergeboren.

Dank an meine Vorbilder und Vorfahren. Dank an die Familien, die mich erschufen und mich halten. Dank an die Familien, die nicht die meinen sind, mir aber Raum gegeben haben, mich als Gast zu sich geladen haben und von denen ich so viel lernen durfte und weiterhin lerne. Danke, dass ihr mich leitet und erdet. Danke, dass ihr mir den nächsten Schritt zeigt. Jeden Schritt meines Weges. Danke, dass ihr mir mein nächstes Wort zeigt, meinen nächsten Satz. Meine nächste Entscheidung. Danke, dass ihr mich behutsam an meine Wahrheit herangeführt habt, selbst als ich sie nicht anzurühren wagte.

Aus Gründen der Verschwiegenheit werde ich Sie nicht beim Namen nennen, aber ich danke der Person, bei der ich in Therapie bin. Und all meinen Heilerinnen und Heilern. Ihr seid so was von wahrhaftig. Danke, dass ihr mich leitet. Danke für die vielen Sitzungen. Danke für die Klopftherapie. Danke für eure Hilfe.

Danke, Jamila Woods, für deine Freundschaft. Dafür, wie wohl und gelassen ich mich in deiner Gegenwart fühle. Für die Art, wie du mir bei diesem Buch geholfen hast. Ohne dich hätte ich das hier (oder, seien wir mal ehrlich, auch alles andere) nicht schreiben können.

Dank an One World, Nicole Counts, Oma Beharry und Rachel Kim, die an mich geglaubt, mich unterstützt und mir bei der Geburt dieses Buches geholfen haben. Und an unseren kleinen One-World-Hexenzirkel in LA und unseren wunderschönen Rückzugsort – Safia Elhillo, Donovan Ramsey und Jay Ellis.

Dank an meine Cousinen und Cousins: Sarah, Charlotte, Sara, Farhan, Amina, Fauzia, Neelo. An all meine Tanten und Onkel. An meine Nichten und Neffen: Emani, Zain, Aadam. Nuala und Kiyan. Adan.

Dank an Dark Noise, meine treuen Lieben. Was für ein Glück, dass ihr mein seid. Dass ich euer bin. Aaron Samuels, Franny Choi, Jamila Woods (ja! ich nenne dich noch mal!), Danez Smith und Nate Marshall. Danke, dass ihr meine Familie im Schreiben seid.

Meine andere Familie im Schreiben und auch im Glauben: danke, meine liebsten Maschallahs; Kaveh Akbar, Angel Nafis, Hanif Abdurraqib und Safia Elhillo (ja, Schätzchen, du wirst auch zweimal genannt).

Dank an alle, die mir geholfen haben, das Terrain dieses Buches zu durchmessen, die es gelesen haben, mit denen ich darüber sprechen konnte, die mir Liebe und Worte der Einsicht schenkten, die Entwürfe lasen und Anmerkungen machten: Krista Franklin, Franny Choi (ein Doppelname!), Randa Jarrar, Fariha Roisin, Danez Smith (ja, noch ein Doppler!), Perry Janes, Hieu Minh Nguyen, Chani Nicholas, Sonya Passi, Fran Tirado, Vincent Martell, Jordan Phelps, Eve Ewing, Rachel McKibbens, Hollis Wong-Wear und Sam Sax.

An mein Team: Jonas Brooks, Lauren Holland, Tara Dorfman, Carter Cofield, Stephanie Smallings, Amy Nickin – danke. Tiefe Dankbarkeit gilt Tabia Yapp und dem ganzen Team bei Beotis: Vanity Gee, Irena Huang, Tayler Lord und Morgan Howard. Tabia: Danke, dass du an mich geglaubt hast, mir immer gezeigt hast, was ich wert bin, und kämpferisch dafür eingetreten bist.

Dank an Troutbeck, dass ich dort schreiben durfte. Danke für Raum und Verpflegung. Ihr habt keine Vorstellung, wie sehr das hilft.

Und Dank an das breite Spektrum an Menschen, deren Leben sich mit meinem überschnitten haben, die mir so viel beigebracht haben und deren Bekanntschaft ein solcher Segen für mich ist: Teodora Keltcheva, Marilyn Paschal, Jaspreet Kaur, Nabila Hossain, Rehan Siddiqui, Mo Browne, Cam Awkward-Rich, Diamond Sharp, José Olivarez, Shira Erlichman, Justin Phillip Reed, Laura Brown-Lavoie, Jess Snow, Sarah Kay, Phil Kay, Amina Sheikh, Ceci Pineda, Marco Lambooy, Jasmin Panjeta, VyVy Trinh, Dimress Dunnigan, Kush Thompson, Raych Jackson, Britteney Kapri, Zarif Wilder, Jacqui Germain, Amy Sewick, Mina Zachkary, Fawz Mirza, Laura Zak, Bisha Ali, Yolo Akili, Andria Mirza, Pidgeon Pagonis, Clint Smith, Matt Muse und Dominique James.

Und auch allen anderen, die ich kennengelernt habe, die mich beeinflusst haben und die da waren, gilt mein Dank. Danke.

Die amerikanische Originalausgabe erschien 2022
unter dem Titel *When We Were Sisters* im Verlag One World,
Imprint von Random House (Penguin Random House LLC),
New York.

*Die Übersetzerin dankt dem Deutschen Übersetzerfonds,
der die vorliegende Übersetzung
durch ein Arbeitsstipendium gefördert hat.*

Penguin Random House Verlagsgruppe FSC® N001967

1. Auflage
Deutsche Erstveröffentlichung August 2024
Copyright © 2022 by Fatimah Asghar
Copyright © der deutschsprachigen Ausgabe 2024
by btb Verlag in der Penguin Random House Verlagsgruppe GmbH,
Neumarkter Straße 28, 81673 München
Covergestaltung: Semper Smile nach einem Entwurf von Grace Han
unter Verwendung der Motive von © Getty Images/artbesouro,
Malte Mueller, Galina Kamenskaya
Satz: Uhl + Massopust, Aalen
Druck und Einband: GGP Media GmbH, Pößneck
MA · Herstellung: sc
Printed in Germany
ISBN 978-3-442-77452-4

www.btb-verlag.de
www.facebook.com/penguinbuecher